S.E. HALL

Enroscar

Traduzido por Ana Flavia L. Almeida

1ª Edição

2022

Direção Editorial:	**Preparação de texto:**
Anastacia Cabo	Marta Fagundes
Gerente Editorial:	**Revisão final:**
Solange Arten	Equipe The Gift Box
Tradução:	**Arte de Capa:**
Ana Flavia L. Almeida	Bianca Santana
Diagramação: Carol Dias	

Copyright © S.E., 2013
Copyright © The Gift Box, 2022

Todos os direitos reservados.
Nenhuma parte do conteúdo desse livro poderá ser reproduzida em qualquer meio ou forma – impresso, digital, áudio ou visual – sem a expressa autorização da editora sob penas criminais e ações civis.
Esta é uma obra de ficção. Nomes, personagens, lugares e acontecimentos descritos são produtos da imaginação da autora. Qualquer semelhança com nomes, datas ou acontecimentos reais é mera coincidência.

Este livro segue as regras da Nova Ortografia da Língua Portuguesa.

CIP-BRASIL. CATALOGAÇÃO NA PUBLICAÇÃO
SINDICATO NACIONAL DOS EDITORES DE LIVROS, RJ
Meri Gleice Rodrigues de Souza - Bibliotecária - CRB-7/6439

H184e

Hall, S. E.
　　Enroscar / S. E. Hall ; tradução Ana Flávia L. Almeida. - 1. ed. - Rio de Janeiro : The Gift Box, 2022.
　　96 p.　　　　　　(Envolver ; 25)

　　Tradução de: Entangled
　　ISBN 978-65-5636-143-7

　　1. Romance americano. I. Almeida, Ana Flávia l. II. Título. III. Série.

22-75994　　　CDD: 813
　　　　　　　CDU: 82-31(73)

Para meu Quarteto Fabuloso... que é tudo para mim!

PRÓLOGO

As pessoas provavelmente acham que ruas como essa não existem mais. Sei que eu pensava assim. Mas, enquanto Dane e eu descemos pela *Elmhurst Drive*, em seu brilhante conversível prata, a capota abaixada e uma brisa incomum da Geórgia agitando meu cabelo, a vizinhança parece absolutamente pitoresca. Todos os gramados estão cuidados à perfeição com enormes árvores de bordo espalhadas pela área e o N° 1428 ama a cor rosa, pelo jeito, a contar pelas fileiras de flores revestindo a calçada. Olho de relance para o lado quando ouço a risada dele; seu rosto bronzeado e sorridente me encara de volta, um brilho provocante em seus olhos escuros.

— Está tentando quebrar meus dedos, amor? — ele pergunta, erguendo nossas mãos entrelaçadas.

— Ah, desculpe. — Sinto o rosto corar, relaxando meu agarre, vendo que as pontas de seus dedos agora estão vermelhas.

— Não tem problema. — Ele beija o dorso da minha mão. — Sei que você está empolgada. Fico feliz.

A rua não tem saída, e há uma cesta comunitária de basquete no final circular, onde vários garotos estão jogando agora. Dois homens mais velhos observam o jogo, sentados em suas cadeiras de jardim dispostas por ali, e acenam para nós quando saímos do carro. Aceno de volta, animada, ouvindo mais uma vez a risada alegre de Dane. A cena toda é digna de um panfleto de "Bem-vindos à vizinhança" e isso me faz sorrir, já me fazendo sentir em casa.

Meu duplex é lindo, com tijolos vermelhos, persianas brancas e uma grande janela panorâmica bem na frente; eu, literalmente, *saltito* até a varanda. O jardim precisa de uma retocada, as sebes cresceram demais e todas as plantas parecem quase mortas já que ninguém estava morando aqui para cuidar delas, e mal posso esperar para fazer exatamente isso. Olho ao redor e vejo que Bennett já colocou uma bandeira de girassol oscilando orgulhosamente na sua varanda ao lado e isso só aumenta minha vontade de começar logo – tenho minha própria casa para reformar! Nunca estive tão empolgada com um projeto na minha vida!

— Está pronta para entrar, Srta. Walker? — brinca, sussurrando no meu ouvido e dando um tapinha na minha bunda.

O meu "sim" se torna um gritinho quando ele me segura como uma noiva em seus braços.

— *Então entrar você irá* — ele responde antes de se inclinar um pouco, beijando meus lábios e me carregando pela soleira.

CAPÍTULO 1

Laney

Eu amo tudo nesse lugar, desde a longa lista de coisas que *precisam* ser feitas até aquelas que são necessárias apenas para torná-lo *meu*. Enquanto seguimos de cômodo em cômodo, minha empolgação extravasa e começo a contar minhas ideias para Dane.

— Acho que aqui vou pintar de amarelo fluorescente, e então desenhar pontinhos vermelhos até em cima, como um contorno.

— Acho que essa é a pior ideia que já ouvi — ele grunhe, afastando-se de mim enquanto diz *"boa ideia"*.

— Pode falar, Dane, me diga o que você pensa de verdade. — Cruzo os braços, porque ele acabou de perder seus privilégios de admirar meus peitos com esse comentário.

Ele comprou esse duplex para mim, cansado do toque de recolher do dormitório às onze horas – que frequentemente não pode ser "contornado"–, para não dizer que fica mais perto da casa dele, estrategicamente localizado entre o *Chateau Kendrick* e a GSU[1]. *Mas*, ele está sendo um homem das cavernas mandão que usa botas — uma característica que ele manteve meio oculta até que estivesse completamente confortável comigo –, e descartando todas as minhas ideias fantásticas de decoração.

— Amor, se isso é o que você *realmente* quer, vá em frente, mas parece espalhafatoso e infantil, e você tem que pensar na hora de revender. Quando chegar a hora de você se casar comigo e se mudar para a mansão, vamos ter que fazer o cômodo parecer normal para possíveis compradores.

---

1   GSU: Universidade do Estado da Geórgia

Algumas garotas teriam escutado o "casar comigo" e se derretido bem ali, abanando-se e piscando os cílios, maravilhadas.

Não essa garota aqui.

— Como assim *espalhafatoso*? *Infantil*? — caçoo e o fuzilo com o olhar. — Só porque não é preto, branco ou cinza — sim, estou me referindo à esterilidade da casa dele agora —, não significa que é feio. Acho que ficaria legal e você disse que essa casa é minha. Eu deveria poder decorá-la do jeito que quiser.

Não estou fazendo bico, juro. Estou parada com as pernas afastadas e com as mãos nos quadris, uma expressão mordaz no rosto – pronta para discutir.

— E o outro quarto? — ele pergunta, complacentemente calmo.

Balanço a mão e zombo:

— Faça o que quiser com ele. Pode enlouquecer total com sua paleta de três cores.

E agora a cartada que vai *realmente* mexer com ele.

— De qualquer forma, homens não deveriam saber como decorar, usando palavras como espalhafatoso. — Arqueio uma sobrancelha e dou um sorrisinho suspeito. — Eu preciso aprender a consertar carros então? E se eu alugar um apartamento?

— Ah, meu bem — ele rosna, seus pés ressoando no piso enquanto vem na minha direção —, você está questionando minha masculinidade?

— Talvez — debocho, afastando-me lentamente —, Nancy. — Disparo o olhar, ansiosa, pelo cômodo, planejando minha rota de fuga mentalmente nesse território novo.

Ele dá uma risada rouca, não uma risada "rá, rá, que engraçado", mas sim uma risada sexy que soa como "ha, ha, estou indo atrás de você".

— Já planejou? — Ele dá um sorriso perspicaz, uma sobrancelha erguida. — É melhor correr para o lugar que parece mais confortável.

Ainda não há móveis por ali, por que ele está falando de conforto? Vendo a confusão no meu rosto, ele responde sem nem ser perguntado:

— Vou te mostrar o quanto sou homem quando eu te pegar — ele chega mais perto —, então eu ficaria longe do azulejo, pois pode machucar suas costas — a malícia em seu olhar se acende enquanto ele continua a se aproximar lentamente —, ou seus joelhos.

Ainda preciso fingir que não quero ser pega? Eu amo esse lado do Dane e amo que o caçador dominante e controlador apareça mais e mais a cada dia.

9

O preceito do jogo em si é cômico; ninguém poderia questionar a virilidade do Dane. Ela escorre por seus poros, há uma aura ao seu redor que preenche todo o ar em um cômodo. E ele é todo meu. Desde seu cabelo castanho sempre jogado para trás, que combina com seus olhos calorosos, até seu sorriso torto e arrogante, seguindo para seu peito esculpido, pelas costas firmes, aquele V irresistível e a bunda tonificada e durinha – *ele é meu*.

— Você não faria isso! — desafio, sabendo deliciosamente bem que ele *faria*.

— Ah, amor, você sabe que posso e vou. — Ele abre o botão de sua calça, aquele sorriso presunçoso me sufocando da posição onde se encontra parado. — E acho que é isso que você quer que eu faça.

O homem tem um grau de gostosura e sensualidade incomensurável e me sinto na mesma hora em chamas, formigando e ansiando, cada vez que olho para ele. E quando seu olhar dominante está fixo em mim, me dizendo que não adianta impedi-lo quando ele me quer tanto assim, minha habilidade de mover, pensar, ou possivelmente resistir desaparece. Sou apenas dele para ser tomada, quando e como ele quiser.

Balanço a cabeça para frente e para trás, mordendo meu lábio inferior de um jeito que eu sei que o enlouquece.

— Não — digo, baixinho, quase um sussurro.

Apenas Dane me faz esquecer que há pouco tempo eu era simplesmente uma garota; uma garota tímida, assustada e insegura, muito longe de casa. Com ele, sendo dele, sou tudo menos isso. Ele revelou a verdadeira Laney – uma mulher confiante e sensual, pronta para abraçar tudo o que me faz sentir viva.

Olho para a direita, encarando, enganosamente, um lugar para onde correr, esperando que ele morda a isca, e então me jogo para a esquerda, gritando como uma colegial em um filme de terror quando ele me agarra. Ele nem vacilou para a direita, parando na minha frente sem esforço algum, grunhindo no meu pescoço enquanto me gira.

— Você é minha agora — declara, com um timbre profundo e sensual.

— Eu já não era antes? — sussurro, pulsando dos pés à cabeça apenas com seu toque, seu tom de voz, seu domínio.

— Uhumm, mas a perseguição torna tudo muito melhor. E agora, amor — ele me levanta com as mãos fortes segurando minha bunda, e minhas pernas o envolvem por vontade própria —, nós vamos estrear seu tapete. — Ele se ajoelha, ainda me segurando com firmeza contra si enquanto me abaixa lentamente, até encostar minhas costas no chão, posicionando seu corpo sobre o meu.

— Você não pode estar falando sério! — Meu gemido contradiz o protesto enquanto ele chupa meu pescoço, as mãos ainda apertando minha bunda. — Não tem nenhuma cortina. Alguém pode nos ver!

Outro fato interessante que aprendi sobre Dane depois da primeira vez – ele quer transar o tempo todo. A qualquer hora, em qualquer lugar, de qualquer forma... agora que o lacre foi rompido, meu homem não pode ser contido.

Posso ouvir um amém?

Seu hálito quente percorre minha pele já sensível, gerando arrepios e ativando um impulso no meu centro.

— Se alguma pessoa espiar as suas janelas, eu cuido dela depois. E — uma mão se posiciona à frente, abrindo meu jeans —, podemos manter o mais discreto possível.

— Você é lou... Ah, Dane — minha respiração sai ofegante e entrecortada, seus dedos me provocando deliciosamente —, discrição pode funcionar.

— Amo quando você enxerga as coisas do meu jeito. — Ele ergue seu corpo só um pouquinho, a perda de seu calor como uma explosão congelante. — Abaixe a calça, amor, só o suficiente.

Obedeço a seu comando, atrevidamente, sem pouco me importar com o local onde estamos, e ergo os quadris para abaixar o jeans até o meio das coxas.

— Boa garota, tão discreta — caçoa, olhando para baixo com um sorrisinho malicioso e uma chama ardente no olhar. — Agora vamos ver se posso fazer o mesmo.

Observando através da minha névoa repleta de desejo, ele estende a mão para o bolso traseiro, jogando uma camisinha perto da minha cabeça. *Parece que ele planejava fazer essa estreia desde o começo.* Ainda se equilibrando em apenas um antebraço acima de mim, uma mão desliza entre nós, abaixando o zíper, e, em seguida, empurra a parte da frente da calça e da cueca. Se um tarado aparecesse nesse exato instante, poderíamos nos safar com a famosa desculpa "estávamos só dando uns amassos e a calça jeans dele é folgada".

Ele puxa a gola da minha camiseta para baixo com os dedos, e meu sutiã com os dentes, sua boca encontrando o centro do meu seio exposto com rapidez.

— Viu só? — afirma, com a voz rouca enquanto a língua circula meu mamilo intumescido. —Você ainda está com a camiseta. Eu nunca deixaria qualquer pessoa te ver além de mim, Laney, *nunca*. Mas isso *vai* acontecer, aqui e agora. Eu quero você.

11

— Como nós...

— Shhh. — Ele me silencia, cobrindo minha boca com a dele, seduzindo avidamente meus sentidos, pressionando-se contra mim e me beijando como se nunca mais fosse fazê-lo. Tudo com Dane é intenso, sempre; até mesmo em uma rapidinha no tapete durante a tarde, ele me leva às alturas. — Você tá a fim, amor? — ele pergunta, esfregando seu membro duro na minha calcinha encharcada, uma mão apertando minha bunda outra vez, puxando-me contra ele. — Diga que quer, Laney, fala. — Sua voz está tensa, como se estivesse perdendo o controle.

— Sim. — Enfio as mãos na parte traseira de seu jeans folgado, agarrando sua bunda firme e cravando os dedos nos músculos tonificados. — Eu quero tanto o *meu* Dane.

Ele coloca a camisinha em si em milésimos de segundos, o homem mais ágil que existe – é bem impressionante, na verdade.

— Afaste a calcinha para o lado — grunhe, a voz e os olhos em uma névoa de desejo e ânsia, ambos suplicando antes de se abaixar para chupar meu peito, pescoço, em um frenesi impaciente. — Vai, amor, apenas afaste para o lado, preciso estar dentro de você.

Então, diferente de tudo o que já sonhei ser capaz de fazer, eu afasto o tecido. Deslizo uma mão para baixo, entre nossos corpos sedentos e desejosos e puxo minha calcinha, dando-lhe a abertura que ele quer tão desesperadamente... e que *eu* preciso tão desesperadamente quanto. E no segundo em que faço isso, ele se conecta a mim em um único impulso.

— Ahhh — grito, arqueando as costas na mistura mais deliciosa de prazer e dor, as pernas apertando com mais força ao redor de seu quadril, e os dedos dos meus pés se contraindo.

— Meu amor — murmura, sua boca subindo pelo meu pescoço, degustando e mordiscando pelo caminho, encontrando meu ouvido, onde ele gosta de sussurrar todos os seus pensamentos sórdidos. — Bom pra caralho. Todas. As. Vezes.

Perco-me no lugar onde sou apenas Laney, agora a versão perfeita em que Dane e eu somos o mesmo ser. A sensação física é maravilhosa, como se meu corpo e o dele fossem um só. Meus órgãos se contraindo ao mesmo tempo da batida feroz de seu coração, seus murmúrios de prazer sincronizados com a minha respiração ofegante. Ele sempre sabe exatamente o que preciso; o quão forte, o quão rápido, onde me tocar, quando me tocar lá; ele é um amante atencioso, altruísta e proativo. A conexão emocional que almejo, tanto quanto a física, está forte como nunca. Nunca me senti, nunca poderia me sentir, mais próxima de outra alma, meu parceiro, a pessoa para passar por essa vida *comigo*, do que quando Dane e eu fazemos amor.

Ele se move logo acima, dentro de mim, acariciando o ponto no interior do meu corpo que tira meu fôlego, e minha boca se abre em um grito silencioso. Com a cabeça inclinada para trás, ele fecha os olhos, e um rastro de suor desce graciosamente por sua pele até se perder no pequeno tufo de pelos em seu peito.

— Você é tão perfeita — ele grunhe.

A bunda dele se contrai sob minhas mãos a cada impulso até a parte mais profunda de mim, e não consigo evitar encará-lo, incrivelmente lindo em toda a sua natureza animalesca.

— Está perto, amor? Preciso gozar, quero você comigo. — Seus gemidos soam como grunhidos baixos e suplicantes. — Bom demais, eu preciso... — ele arqueja de novo, abrindo os olhos agora para avaliar minha reação.

Suas mãos se movem por baixo de mim outra vez, agarrando minha bunda como um torno e levantando meu quadril, onde ele sabe que vai atingir o ponto exato que preciso, e então começa a circular meu clitóris com o polegar, a combinação perfeita do que é necessário para me lançar como um foguete.

Meu grito ricocheteia nas paredes do cômodo vazio, nenhum objeto para absorver o som, aumentando o volume a um nível constrangedor – como se eu me importasse.

— Uh huh — ele me incita, esfregando com mais força, girando seus quadris ao fim de cada impulso. — Isso, caralho, sim, amor, me aperta. Quem te faz gozar?

Não consigo responder, delirando enquanto meu corpo se move em sincronia com suas estocadas alucinantes.

— Amor — seu grito tenso quebra meu transe —, quem te faz gozar? — ele pergunta de novo e de novo, cada palavra coordenada com uma investida que roça meu cérvix ou talvez minha garganta, seus lábios franzidos e os dentes à mostra.

Os músculos de seus braços se contraem a cada movimento, a pulsação em seu pescoço implorando para eu me levantar e lambê-la, mas estou presa aqui à sua mercê.

— Você — respondo, de alguma forma, intoxicada com a sensação dele, o cheiro da mistura do nosso suor e paixão. — Só você, amor.

— Isso mesmo — ele geme, satisfeito com a minha resposta. Seu corpo relaxa acima do meu, o peso mais do que bem-vindo.

Há uma coisa sobre ter o peso do homem amado em cima de você.

— Preciso que goze, amor — ele repete, o polegar circulando meu clitóris sem misericórdia, implorando para que eu o acompanhe no clímax. — Agora, Laney, de novo, por mim.

Não leva nem um minuto; ele sabe manter seu polegar ágil no lugar certo se quiser que eu me junte a ele. Dessa vez, explodo ao redor de seu pau, gritando sem vergonha alguma quando ele também alcança o clímax, se contraindo dentro de mim.

Eu faço isso com ele, *eu* – meu amor, meu corpo – desfaz esse deus. Esse homem territorial, mandão, controlador... e fenomenal que é todo meu.

— Te amo — diz ele, com a respiração ofegante, tentando recuperar o fôlego.

— Te amo — murmuro, envolvida no êxtase, esfregando para cima e para baixo suas costas úmidas.

Eu amo essa parte.

CAPÍTULO 2

Dane

    Mulher teimosa e obstinada – que bom que descobri a única linguagem que ela *sempre* vai escutar: Dane Delícia. Ela fala fluentemente, na verdade, e tenho muito sucesso com o que chamo de Triplo D, também conhecido como Distração Dane Delícia. Só chamo assim na minha própria cabeça, é claro; se ela ouvisse o título, arrancaria minha arma da coerção e me enforcaria com ela. Quem diria que ela tem um lado que só pode ser despertado por mim? Ela é um monstrinho quando quer, e na primeira vez em que me abri, mostrando-lhe o Dane mais secreto, o que gosta de controlar... o brilho sensual em seu olhar e a contração tímida em seus lábios me disseram que estava tudo bem ser eu mesmo, que ela gostava. 1 ponto para Dane.

    Então, de vez em quando, eu uso o Triplo D para meu proveito. Pode me processar. Não acho que a Laney *realmente* se importa, de qualquer forma. E agora, com ela saciada e ronronando ao meu lado, podemos discutir suas ideias horríveis de decoração. E se ela continuar rebatendo, fico mais do que feliz em distraí-la de novo.

    O interior da Laney é um refúgio quente e apertado onde eu passaria cada minuto do meu dia, se pudesse. É só então que ela se solta completamente, confiando em mim para afastá-la de todo o resto; o lugar para onde vai quando estou enterrado fundo é feito de satisfação, um lugar onde ela está segura, é querida, amada, e não tem nenhuma outra preocupação no mundo.

    No minuto em que me retiro de dentro dela, porém, minha bruxinha encrenqueira retorna com uma vingança, me testando... sua mente, boca e espírito me lembrando do porquê sou tão apaixonado por ela.

Mas paredes amarelas fluorescentes? Nem pensar.

Ela ainda está deitada de costas, com os olhos fechados e um pequeno sorriso nos lábios quando volto depois de limpar nossa bagunça.

— Por que você está sorrindo, linda?

— Estou feliz — responde, sem abrir os olhos ou nem sequer tentar se mover.

— Então fiz o meu trabalho. — Abaixo-me e rastejo até ela, afundando o rosto em seu pescoço delicioso. Ela está com o meu cheiro, *nosso* cheiro... o melhor aroma do mundo: Dane em Laney. — Eu te amo, Disney — sussurro em seu ouvido.

Digo a ela o tanto quanto posso sem me sentir um idiota. Cacete, eu tatuaria na minha testa se ela pedisse. Ela precisa saber que mesmo que eu me transforme em um animal ansioso por fodê-la a qualquer momento, só com um único olhar, ela significa tudo para mim em todos os âmbitos também. Se nunca mais pudesse fazer amor com ela, ainda assim, eu iria querer que tudo o que torna Laney a "Laney" preenchesse os meus dias.

— Também te amo — seus olhos castanhos agora estão abertos e encarando os meus de forma adorável, a boca se curvando em um sorrisinho —, e ainda vou pintar a sala do jeito que eu quero.

Que mulher irritante. Eu não estava brincando antes, às vezes realmente acho que ela testa a minha paciência de propósito porque ela é, na verdade, tão insaciável quanto eu.

— Se você quer mais disso — mordo seu queixo e roço meu pau duro nela —, tudo o que tem que fazer é pedir. Não precisa deixar o lugar todo feio.

— Saia de cima de mim, seu... argh! — Ela dá um tapa no meu peito e remexe os quadris freneticamente, tentando me tirar de cima. Tudo o que isso faz é me excitar ainda mais. — Vou pintar todo esse maldito lugar de verde-limão se eu quiser!

Ah, ela está ficando brava agora, as bochechas vermelhas e os olhos afogueados, que agora estão entrecerrados e concentrados em mim. Fofa pra caralho.

— Você acha, é? Tá a fim de fazer uma apostinha amistosa?

Nem sei por que sequer perguntei. Laney não recusaria uma aposta nem se sua vida dependesse disso. Mal posso esperar para o seu aniversário de 21 anos – nós, sem dúvida, vamos passá-lo em Vegas.

— É lógico! — Ela contrai os lábios e espera em posição de desafio. — Pode falar!

Para falar a verdade, tenho esperado pelo momento certo para dar a ela algo que comprei há semanas. Seu vício em apostas está caindo certinho nas minhas mãos.

— Que tal nós dois projetarmos um quarto e deixar a Galera julgar. O vencedor leva tudo?

— Eu me recuso a negociar com você em cima de mim! — Ela se contorce sob meu corpo, tentando escapar. — Saia, seu animal!

Inclino a cabeça para trás em uma gargalhada; ela me mata de rir, mas saio de cima assim que me recomponho.

— Caramba — ela se senta, ajeitando o cabelo e as roupas —, você é tão bruto! — Ela me olha feio, brincando.

— Agora que você me soltou — caçoo, com o rosto sério —, vamos conversar sobre as condições. Cada um vai pegar um cômodo, mesmo orçamento, mesmo período de tempo. A Galera vota quando a gente terminar. Parece bom?

— Mas sem ajuda. — Aponta para mim e balança o dedo. — Você não pode contratar pessoas para virem aqui e fazer tudo por você. Temos que fazer todo o trabalho sozinhos.

— Fechado. — Estendo a mão para selar o acordo.

— Calma aí! O que nós ganhamos?

— O que você quer? — retruco, agitando as sobrancelhas.

Ela revira os olhos para a minha insinuação e cruza os dedos, pensativa.

— Humm… Humm… — Ela está realmente se esforçando, tentando inventar alguma coisa. — Você tem que me levar para um encontro que custa 50 dólares ou menos. — Ela sorri. — Algo sincero que venha do *seu coração*, não do seu dinheiro.

— Posso fazer isso. — Aproximo-me dela agora, enlaçando sua cintura. — E se eu ganhar, você tem que aceitar o que está no envelope que vou te dar.

— O quê? — Ela ergue o rosto, me encarando com doçura.

— Se eu ganhar, vou te entregar um envelope. Você tem que prometer que vai aceitar o que quer que esteja lá dentro.

— Não. Pode. Ser. Dinheiro. — Ela cutuca meu peito a cada palavra.

— Tudo bem. — Beijo seu nariz.

— Ou o documento de qualquer coisa.

— Tudo bem. — Rio e beijo seu queixo.

— Ou a chave de um carro.

— Quer parar? — Aperto-a mais, enchendo seu rosto todo de beijos agora. — Não é nada assim. Eu entendi, nada de dinheiro, apenas eu.

— Tudo bem então. — Ela se aconchega ainda mais contra mim, calma e confortável. — Está valendo.

CAPÍTULO 3

Laney

— Hmm, com licença, posso ajudá-lo? — pergunto para o homem muito suado, e muito necessitado de um cinto, que está nesse momento atrás do meu duplex, mostrando seu cofrinho como uma dançarina de pole dance.

— Olá, você deve ser a Laney. — Ele coloca o que resta de seu cigarro na boca e estende a mão. — Sou Hank Procter da Hank's Handyman[2].

Eu o cumprimento, hesitante, e sorrio lentamente.

— Como você sabe meu nome e o que está fazendo aqui?

— Dane me contratou. Estou aqui para construir o seu deque. — É claro que ele fez isso.

— Um deque? Você tem algum projeto para eu olhar, talvez um cartão comercial? — Não faço ideia se você desenha projetos para um deque, mas pareceu a pergunta certa a se fazer. Se alguém vai construir qualquer coisa no meu pequeno e precioso bangalô, quero saber com *antecedência*, aprovar, dar minha opinião! Não estou tentando ser uma megera ou ingrata, mas essa é a minha primeira "casa" e estou superempolgada. Quero ajudar a tomar as grandes decisões, como se eu realmente fizesse parte, e ela fosse, de fato, minha. É pedir demais?

— É claro. — Ele sorri, cautelosamente, talvez percebendo a irritação no meu rosto. — Deixe apenas eu ir até a van e pegar o esboço e um cartão para você. Já volto — ele diz, enquanto se apressa para a lateral da casa.

---

2   Faz-tudo.

Ótimo, assustei o Hank.

Pego meu celular, apertando os botões com muito mais força do que o necessário. Bato o pé enquanto chama, minha irritação aumentando a cada segundo que não tenho a oportunidade de desabafar.

— Amor — ele atende, a voz calorosa.

— Não venha com 'amor' para cima de mim, Michael Dane Kendrick. — Se ele pudesse me ver, saberia que meu pé ainda está batendo sem parar e a mão que não está segurando o celular está apoiada furiosamente no meu quadril. — Você gostaria de me contar sobre seu amigo Hank e o porquê ele está no *meu* quintal?

Isso que estou escutando do outro lado da linha é uma risada? Tem que ser uma conexão ruim – ele não ousaria! O que estou pensando? É claro que ele ousaria. Bem, já chega, quero falar também!

— Você está rindo de mim? — resmungo.

— Sim, estou.

— Arghhhh! — grito, sem afastar o celular da boca, meio que esperando que tenha acertado o tímpano dele. — Dane, por que você não me contou? Poderíamos ter projetado o deque juntos.

— Laney, não tem altura para trabalhar, e é um espaço de jardim limitado, então não é um deque tão complexo para *elaborar*. Não é nada demais, querida, apenas um lugar para sentar.

Tenho certeza de que ele está certo, e eu deveria ser grata, e ainda posso planejar coisas como as plantas, as cadeiras, velas, talvez pendurar algumas luzes. Mas embora seja "apenas um deque" dessa vez, o que será na próxima? Que pena que ele não está aqui agora. Tenho uma tática secreta que, de acordo com as minhas estatísticas, tem uma taxa de sucesso de 99.4%. Eu chamo de Persuasão da Periquita, mas nunca digo isso em voz alta. Planos tão infalíveis e brilhantes assim devem ser mantidos em segredo, e embora soe engraçado na minha cabeça, é meio vulgar em voz alta. Enfim, visto que ele *não* está aqui, eu, provavelmente, deveria apenas ceder e desistir de discutir com ele em prol de economizar minha energia para batalhas que eu possa, de fato, vencer.

Suspiro no celular, irritada.

— Tudo bem, obrigada pelo deque.

— Por você — responde, com a voz rouca.

E desse jeito, com essas duas palavras que ele usa para me dizer o que outros precisam de sonetos para expressar, sou lembrada de que ele faz *mesmo* por mim – de um bom lugar, o lugar dentro dele que me ama, que

Enroscar

19

quer me fazer feliz, que anseia por cuidar de mim e tornar minha vida mais fácil, mais feliz e completamente enroscada nele. *Viu?* Preciso de tudo isso para analisar o que ele, de forma eloquente, resume com "por você".

Com a raiva dissipada, tento uma abordagem diferente, uma que possa ser cumprida pelo celular – a voz da garota doce e vulnerável.

— Você pode só tentar entender que estou muito animada em ter minha própria casa pela primeira vez, e que quero participar das coisas? Eu amo a ideia de um deque, mas me sinto meio excluída. Tudo bem, querido?

— Entendi, amor. Nem pensei por esse lado. Vamos discutir as coisas a partir de agora, prometo — diz, com sinceridade, de modo nenhum tentando simplesmente me acalmar.

— Obrigada, agora, comprei umas tintas para o quarto que vou fazer. Eu tenho tempo para começar isso ou nós temos planos? — pergunto, meu tom de voz mais caloroso.

— Você tem certeza de que não quer que eu contrate...

— Temos que fazer sozinhos, lembra? Isso era parte da aposta — interrompo-o. — Quero dizer, se você quiser mandar alguém para pintar seu cômodo, fique à vontade. Só me avise quando será o nosso encontro — provoco.

— Não, não, me lembrei agora. Vou pintar o meu, vá em frente e comece a pintar o seu. Pode enlouquecer, amor, tenho várias teleconferências e uma reunião mais tarde. Vou te ligar ou mandar uma mensagem de quando devo chegar assim que tiver uma ideia da hora em que estarei livre.

— *Okay*, falo com você depois então. Te amo.

— Eu te amo, Laney Jo — ele responde, um tanto solene —, mas ainda vou ganhar a aposta.

— Faça-me o favooor. — Rio antes de desligar.

Apesar de botar para tocar alto Stereo Hearts, do GCH, enquanto pinto como a verdadeira Picasso que sou, escuto a notificação do meu celular e salto do meu banquinho, secando o suor da testa, para conferir quem é. Bennett.

> Onde vc tá?

> No duplex, pintando. Vc?

> Rs, aqui do lado. Isso deve ser a sua música, pensei que fosse o cara dos fundos. Tá terminando?

> Acho que sim. Pq ainda estamos mandando mensagem? Vem p cá.

Rio comigo mesma, guardando o celular e indo desligar a música.

— Alôôô! — ela chama.

— Ei, garota, aqui atrás!

— Oiii — ela solta um longo assovio —, está bonito aqui. Amei o roxo! — Bate palmas e saltita no lugar. — Não é divertido arrumar sua própria casa de bonecas?

— É. — Rio, puxando-a para um rápido abraço. Ela é como um raio de sol ambulante, você não consegue evitar querer abraçá-la. — Mas não é roxo — balanço o dedo para ela, querendo esclarecer esse equívoco terrível —, se chama *Champagne Elegance* e é uma versão *mais sedosa* do lilás — imito perfeitamente a vendedora-empolgada-demais-para-vender-tinta--como-profissão que praticamente me censurou por eu usar "palavras feias e mundanas" como roxo, amarelo e – pasmem –, vermelho.

Olho ao redor e de volta para ela.

— Não diga ao Dane que você deu uma espiada. Você faz parte dos jurados e não deveria saber qual cômodo que eu fiz, tá bom? *Você nunca esteve aqui.* — Uso minha melhor voz de mafiosa, passando os nós dos dedos pelo meu queixo como uma chefona. — E sem querer influenciar seu voto, mas a geladeira chegou hoje e tem uma garrafa de vinho lá que eu adoraria dividir com você, Elena Eleitora.

— Eba! Tate está trabalhando, e nossos móveis — ela olha enfaticamente ao redor do meu espaço vazio — já estão lá. Vamos fazer uma noite das garotas na minha casa! Podemos? — Seu rosto está cheio de esperança.

— Sinto falta do meu tempo com a Laney. — Ela faz um biquinho e me lança seu olhar irresistível de cachorrinho pidão.

— Posso ficar até o Dane terminar o trabalho. Posso tomar banho lá?

— Claro que sim. — Franze o nariz e deixa o olhar vagar na área das minhas axilas. — Por favor, faça isso. — Ela dá uma risadinha. — Vou pegar o vinho, apenas venha quando tiver acabado aqui.

Assinto, indo até a pia para enxaguar meus pincéis. Enquanto observo o tom roxo suave rodopiar e desaparecer no ralo, ergo o queixo e sorrio. Essa aposta com Dane vai ser como tirar doce de criança. Ele tem estado ocupado demais para sequer começar seu quarto, e eu tenho trabalhado sem parar, quase acabando a segunda camada de tinta no meu. As cortinas estão na haste e novos interruptores e tomadas foram comprados, ambos prontos para serem instalados assim que a tinta secar. Decidi contra o tema fluorescente e vou seguir com um espaço tranquilo, diferentes tons de roxo-claro, verde-claro e várias velas. Vai ser ótimo!

Terminando de lavar tudo, ando rapidamente pelo lugar, desligando as luzes e trancando a porta. Viro-me para caminhar os dez passos até a casa da Bennett, soltando um grito enquanto apoio uma mão na parede, olhando para baixo para ver no que tropecei. Uma cadela muito triste e muito grávida está me encarando de volta. *Bassett hound? Beagle?* Não sei, mas ela com certeza não está a fim de se mover, a barriga se arrastando pelo chão.

— Você está perdida, fofinha? — Abaixo-me, afagando gentilmente sua cabeça. — Hmm? Você tem uma coleira, alguém deve estar sentindo sua falta.

— Charlie! — O grito é seguido por um assovio agudo. — Charlie, vem cá, garota! — Ouço pelo ar noturno.

Charlie? Esse cão é fêmea, sem dúvida...

— Aqui! — grito.

— Ah, oi — diz um homem, que nem mesmo a escuridão envolvente consegue esconder a boa aparência. — Charlie — ele também se abaixa para perto da cadela —, garota, como você saiu? Você não pode ter esses filhotinhos na varanda de um desconhecido. — Ele dá uma risadinha, coçando atrás das orelhas da cadela, seu rabo balançando de leve.

Rio do óbvio desconforto do pobre animal, com algo tão simples quanto o balançar do rabo, e o homem olha para mim.

— Desculpe. — Ele balança a cabeça, constrangido. — Meu nome é Tucker Lucas, moro aqui do lado. — Aponta para a direita com a cabeça e estende a mão para mim. — Você acabou de se mudar?

— É, bem, quase — balbucio. — Quero dizer, sim, estou me mudando, arrumando as coisas. Sou Laney Walker. — Estendo a mão para ele. — Prazer em conhecê-lo.

— O prazer é meu. — Ele sorri, seus dentes brancos brilhando no escuro. — Desculpe pela Charlie aqui. Ela está enlouquecendo enquanto espera pelos filhotes.

— Qual é a raça dela?

— Ela é um *beagle*. Embora não esteja tão pequenininha agora. — Ele ri.

— Ela é fofa, mas infeliz, com certeza. — Fico de pé, olhando em volta, sem jeito, e passo as mãos pela minha calça, sem saber o que dizer.

— Hmm, muito bom te conhecer, Laney, e bem-vinda à vizinhança. Você vai amar aqui, todo mundo é bastante simpático. Vem, Charlie — ele levanta a cadela grunhindo em seus braços —, se despeça da Laney.

— Tchau, Charlie. — Sorrio para o animal fofinho e afago sua cabeça. — Boa noite, Tucker.

— Boa noite, vizinha.

Observo-o se afastando, sorrindo enquanto carrega a mamãe pelo gramado, depois viro e sigo para a porta da Bennett.

— Toc toc! — anuncio, abrindo a porta.

— Oi! — Bennett surge na minha frente, o semblante preocupado. — Por que demorou tanto?

— Conheci nosso vizinho. A cadela grávida dele perambulou até a minha varanda.

— *Dele?* — Ela balança as sobrancelhas e sorri.

— Sim? — Lanço-lhe um olhar interrogativo, sem entender direito o que ela quer dizer.

— Descreva. — Ela entrelaça os dedos, um sorriso curioso curvando os lábios.

— Não sei, baixo, careca, talvez setenta, setenta e cinco anos. Por quê?

— Ah. — Ela abaixa os ombros e faz uma careta.

Sério? Ela viu o namorado dela recentemente? Ele é quase tão gostoso quanto seu irmão mais novo, daí o motivo para eu não ligar nem um pouco que nosso vizinho é, na verdade, um colírio para os olhos. E quando digo colírio, quero dizer que Deus foi bondoso com ele, mas ele não chega nem perto do Kendrick mais novo.

— Estou brincando com você, Ben. Ele é bonito, deve ter uns trinta anos, cabelo loiro. Pareceu muito simpático. — Dou de ombros, seguindo para a cozinha em busca do vinho que planejei tomar. — Por que você se importa, de qualquer forma? Você e Tate estão bem?

— Claro que estamos... perfeitos. Eu só estava curiosa. Simplesmente prefiro ver um bonitinho na vizinhança do que — ela pensa —, bem, do que nada.

— Vadia. — Tusso, tentando não rir.

— Uma vadia que só olha, eu nunca toco. Amo o Tate, meu bolinho.

— Bolinho? — Bufo, fechando a porta da geladeira e arregalando os olhos. — Acho que acabei de vomitar um pouquinho na minha boca. Como devo encará-lo agora?

— Ah, pare. — Ela empurra meu ombro, as bochechas agora da cor de seu cabelo. — Você e Dane não têm apelidos para quando estão no quarto?

— Ai, meu Deus, Bennett! Você chama o Tate assim no quarto? — Estou quase gritando agora, apoiando as mãos nos joelhos de tanto gargalhar. — Por favor, pare de falar, minhas orelhas estão sangrando!

— Você é tão má, Laney — ela resmunga —, nunca mais vou te contar nada.

— Graças a Deus! — retruco, ainda rindo.

— Vamos, vaca, pegue sua taça e eu vou te levar para um *tour*. *Se* você conseguir se recompor o bastante — ela diz, orgulhosamente, e acho que escutei ela murmurar "piranha" enquanto nos guia pelo corredor. — Então, você acabou de ver a cozinha, e esse é o corredor — gesticula com a mão —, e o quarto de hóspedes. — Ela abre a porta de um quarto totalmente mobiliado e *pintado*.

— Como diabos você conseguiu pintar tudo tão rápido? — pergunto, registrando só agora que a cozinha dela e o corredor também têm um brilho fresco.

— Tate contratou pintores. — Ela dá de ombros, me olhando como se eu fosse louca.

Talvez eu seja; o lado dela é organizado e lindo, enquanto o meu parece o projeto faça-você-mesmo.

— E esse — ela sorri ainda mais e com os olhos cintilando — é o principal. — Ela abre a porta com imponência, afastando-se para que eu possa ver.

Ah, é uma coisa mesmo. As paredes são de um vermelho profundo, a cama é marrom-escuro e proeminente... mas não tanto quanto as fotos nas paredes.

— Uau, Ben — encaro o chão, minhas bochechas agora coradas —, eu não sabia que você tinha isso em você.

— O quê, as fotos? Você gostou delas? Foram um presente de Dia dos Namorados para o Tate. Ele as pendurou quando comprou a casa.

— Elas são muito, hmm... — balbucio, procurando a palavra certa, mas tudo o que vem à minha mente é *revelador*. Quero dizer, eu, literalmente, vejo mamilos daqui. E se os pais dela quiserem vir ver a casa um dia? — Elas... você... quero dizer, elas são lindas. Você é linda.

— Obrigada — agradece, contente —, o Paul, que fica perto da MK, quem fez.

Halo, da Beyoncé ressoa no meu bolso e nos interrompe, o que indica que meu amor está ligando. E graças a Deus pelo *timing* perfeito.

— Alô? — respondo depressa, indo para o corredor.

— Onde você está? — Ele vai direto ao assunto, como sempre.

— Com a Bennett, onde você está?

— Na porta.

Ouço a batida, e vou atender, percebendo só depois que posso encerrar a ligação agora.

— Ei, você. — Sorrio quando abro a porta e o vejo na varanda, trajando uma camisa social branca enrolada até os cotovelos, calça escura e uma brilhante fivela prateada. Delícia. A gravata rosa ao redor de seu pescoço está afrouxada, e simplesmente assim, ele tira o meu fôlego. Todas. As. Vezes.

— Amor. — Ele solta um suspiro profundo, apertando-me em seus braços, seu rosto encontrando a curva do meu pescoço. — Desculpe por ter demorado tanto.

— Não tem problema, eu precisava botar o papo em dia com a minha garota de qualquer forma. Você quer entrar um minuto, dizer oi à Bennett?

— Só por um segundo — ele sussurra no meu ouvido. — Quero tomar banho, trocar de roupa, comer e fazer amor com você, nessa ordem, e o quanto antes.

Afasto-me e dou um beijinho em seus lábios, mais do que a favor de seu plano.

— Então o que você está esperando? Vá dar um abraço nela e me leve para casa. Mas garanta que ela te encontre no corredor. — Dou um sorrisinho, pensando que talvez não deveria tê-lo avisado.

CAPÍTULO 4

Dane

— Laney?

— Aqui atrás! — ela grita do quarto, e então aparece, apressando-se para me encontrar no corredor, fechando a porta em seguida.

— Oi — cumprimento-a com um beijo lento e profundo. — Está assistindo o quê? — Dou uma olhadela na porta fechada atrás de nós quando nos afastamos, cedo demais para o meu gosto.

— *My room makeover*[3]. Acha que vou deixar você roubar todas as minhas ótimas ideias?

— Aposto que consigo adivinhar com que cor você está pintando. — Sorrio, pegando uma mecha de seu cabelo sujo de tinta e esfregando entre os dedos. — Fico feliz que tenha mudado de ideia sobre o amarelo fluorescente. Não combinaria com seus olhos.

— Humpf. — Ela empurra meu peito, brincando. — Você está aqui só para espionar? Pensei que tinha uma reunião.

— Eu tinha, mas tive o bastante hoje. Pensei em vir te levar para comprar móveis. Podemos começar enchendo a sala, a cozinha — dou de ombros —, qualquer coisa.

Ela passa os braços ao redor da minha cintura e enfia as mãos nos meus bolsos traseiros, apertando minha bunda.

— Eu estava pensando em ir primeiro em umas vendas de garagem esse fim de semana. Você pode fazer ótimos negócios lá. Foi assim que mobiliei

---

3 Programa de televisão sobre reformas.

a minha casa e do papai, vivendo com uma renda fixa. Ele nunca soube, na verdade. Ele chegava em casa e ganhava uma camisa nova bonita, ou um par de sapatos, ou botas, ou luvas de trabalho, e não parava de falar sobre como eu tinha gastado demais em um "presente tão bom", e eu tinha gastado um dólar.

A história é fofa, e Laney também, cuidando dos outros do jeito que pode... mas posso dar coisas melhores. Posso cuidar dela da melhor maneira possível. E para que serve o dinheiro se não para gastá-lo com a mulher que você ama?

— N-nós não vamos comprar seus móveis em uma *venda de garagem* — balbucio como se estivesse sentindo um gosto ruim na boca.

— Não seja tão esnobe, Riquinho Rico — ela revira os olhos —, várias das coisas que você encontra são muito boas. E vai economizar dinheiro. Você já gastou demais. Você me comprou uma casa, pelo amor de Deus. Só quero reduzir os gastos quando possível.

Não tenho pressa, e passo as mãos pelo cabelo, depois pelo meu rosto, planejando minha próxima frase.

— Amor — começo, enganosamente calmo enquanto solto um suspiro —, com quem melhor para gastar dinheiro do que com a minha pessoa favorita no mundo? Me deixa feliz fazer as coisas por você. Por favor, não discuta comigo, só me deixe fazer isso.

Relacionamentos são sobre concessões, sei disso. O amor é paciente, o amor é gentil, blá, blá, blá, mas essa mulher vai literalmente me tornar um santo... ou me matar. Não sei qual virá primeiro.

— Dane — ela ronrona, fechando a praticamente inexistente distância entre nossos corpos e passando as mãos pelo meu peito —, que tal nós vermos o que podemos encontrar nas vendas primeiro e depois podemos comprar o resto?

Ah, ela também estava calculando uma concessão.

— Vou pensar nisso — resmungo. — De qualquer forma, estou morrendo de fome. Vá trocar de roupa e nós vamos sair em vez disso. — Paro para dar um tapa em sua bunda. — Podemos dormir na minha casa hoje já que você não tem cama.

— Vamos para a sua casa agora. Vou trocar de roupa lá e cozinhar para você — ela propõe.

— Juro que você é capaz de discutir com um poste. Tudo bem, vamos. — Meu tom é repressivo, mas dou uma piscadinha, dizendo a ela que mal posso esperar para tê-la na minha casa, só para mim.

— Amor, deixe a louça aí e venha aqui. — Afasto a cadeira e bato no meu colo. — Helen pode cuidar disso amanhã. Eu quero te segurar.

— Não custa nada; não vou demorar nem dez minutos. — Ela me encara por cima do ombro e sorri.

— Laney. Venha. Aqui — rosno, tentado em me levantar e bater naquele traseiro que está sempre contestando.

— Bem — murmura, lenta e atrevidamente, se aproximando de mim devagar, rebolando os quadris de maneira provocante —, já que você pediu com tanta gentileza.

Quando ela está próxima o bastante, seguro sua mão, puxando-a para mim.

— Por que você sempre tem que me torturar? — resmungo contra seu pescoço, mordiscando-o levemente. — Tão atrevida. — Viro-a para ficar de costas para mim e a coloco no meu colo. — Sente o que isso faz comigo? Acho que é exatamente por isso que você faz. — Afasto seu cabelo sedoso do pescoço, afundando o rosto ali, beijando-a até o ombro. — Converse comigo, me conte o que perdi hoje — murmuro, enquanto puxo sua camiseta para baixo, sobre esses ombros suaves e bronzeados, me dando mais pele nua para saborear.

— Nada, na verdade — ela vira a cabeça para me encarar —, por quê? O que está acontecendo com você?

Como digo a ela, sem parecer um psicopata, que quero saber todos os detalhes de seu dia a dia? Se ela riu, quero saber o que foi engraçado. Quero saber o que ela comeu, o que vestiu, quem ela viu. Quero me conectar com ela em um nível jovial e descontraído. Ela precisa saber que consigo compreender, que gosto de me divertir também. Sinto falta dela quando estamos longe um do outro e quero repetir cada momento quando estamos juntos.

Fico ocupado o dia inteiro, mas isso é tudo – uma ocupação. Não estou engajado, interessado, e bem longe de estar apaixonado; continuo a rotina para manter a paixão do meu *pai* funcionando, para garantir um futuro para meu irmão e seus filhos, talvez meus próprios filhos, mas só se eles *quiserem* fazer isso. Na maior parte das vezes, sinto-me como o empresário ocupado que aparece tarde só para dar algumas risadas sem entusiasmo com a Galera, um intruso total, velho demais para sua idade.

— Ei — ela se vira e segura minhas bochechas, seu polegar roçando minha mandíbula suavemente —, me fala o que está acontecendo nessa sua cabeça. Esteja aqui comigo. Me deixa te ajudar a resolver seus problemas.

Não respondo com palavras, incapaz de encontrar as certas ainda, mas, ao invés disso, desço meus dedos desde seus ombros até os braços, meus olhos focados apenas nesse rastro. Faço isso várias vezes, ainda em silêncio, apreciando cada nuance da pele delicada. Não tenho pressa, memorizando cada pequena sarda que existe aqui e ali antes de finalmente segurar suas mãos e levantá-las, puxando seus braços para cima.

— Mantenha-os aí — minha voz ressoa, as primeiras palavras em vários minutos, e então tiro sua camiseta em um movimento rápido. — Envolva o meu pescoço — ordeno em um fôlego quente na pele dela.

Ela enlaça meu pescoço, enrolando os fios mais compridos na nuca, apoiando a cabeça contra meu pescoço.

— Te amo tanto, Laney. — Mordisco seu ombro, pressionando-me ao seu corpo. — Eu sempre vou te amar, meu lindo anjo. Você me salva todos os dias.

— Você está me assustando — ela sussurra, e sinto-a estremecer com meus movimentos. — Qual é o problema, amor?

De novo, não tenho uma resposta verbal para dar a ela, nenhuma que lhe faria sentido, pelo menos. Não sei o que desencadeia isso, ou obviamente eu tentaria impedir, mas, às vezes... às vezes me perco em meu próprio estado de espírito, sentindo que moro em um mundo e ela em outro; e não gosto disso. Preciso reafirmar minha conexão com ela, e preciso fazer isso agora.

Eu nos viro, envoltos um no outro, e caminho até a grande janela que tem vista para o quintal e a tempestade à espreita que consigo ouvir retumbando cada vez mais perto. O lampejo de um relâmpago rasga o céu escuro, fazendo meus pelos se arrepiarem. A tempestade do lado de fora deveria saber que encontrou uma adversária à altura, porque a força aqui dentro é incomparável, a corrente pela qual Laney e eu somos conhecidos.

Eu sabia no instante em que a vi. Algo instintivo me disse que juntos, nós seríamos magníficos. Até você sentir, parece cliché. Tudo o que pode fazer é sentir pena dos céticos que nunca tiveram essa experiência – eu deveria saber, eu era um deles até aquela noite.

Deus abençoe meu irmão por escolher aquela faculdade, aquele dormitório.

— Você é parte de mim agora, Laney, não tem volta. Nada nem ninguém existe antes de nós, ou depois de nós — abro minha mão sobre sua barriga —, tudo o que resta é o nosso para sempre.

— Para sempre — ela murmura, recebendo como resposta um grunhido que vem do âmago do meu ser; minha outra mão agora abrindo seu sutiã e tirando-o pelos seus braços, para em seguida espalmar um seio nu.

Eu amo os seios dela, não são grandes demais, nem pequenos demais, empinados e firmes com mamilos que respondem avidamente. Ela se inclina para trás, pressionando-se contra mim enquanto apoia uma mão na janela, um contorno de névoa úmida se formando na mesma hora ali. Minha mão livre circula cada vez mais abaixo na barriga plana, até que não aguento mais e solto seu seio, usando as mãos para desabotoar e depois abaixar sua calça.

— Mesmo quando não estou com você, eu te sinto. Você me sente? Quando estamos separados — uso um dedo para traçar sua coluna —, você me deseja? Pensa em mim te tocando? Consegue fechar os olhos e nos ver, como uma unidade, na sua mente? — Minha pergunta é um ruído sensual que não consigo disfarçar entre mordidas na sua orelha e mandíbula. Minhas mãos voltam para seus seios, alternando entre apertá-los e beliscar cada mamilo.

— Sim! Sim, Dane! — Seu hálito embaça o vidro à frente, distorcendo temporariamente minha vista da natureza tempestuosa lá fora.

Um dedo agora busca seu ponto sensível, traçando aquilo que pulsa por mim, circulando sua área mais molhada.

— Você é minha e eu sou seu. Não há nada que eu não faria para mantê-la, Laney. Mantê-la segura, feliz, comigo. Só com você eu me sinto inteiro. Eu te amo da forma certa, Laney?

Seguro a mão que está solta ao lado do corpo e a levanto, colocando-a contra a janela para se unir à outra, e então me movo levemente para me posicionar às suas costas. Minhas mãos percorrem a silhueta de seu corpo, se moldando nas curvas deliciosas, dolorosamente devagar, provocando seus quadris com um apertão antes de me esgueirar para o interior de suas coxas.

— Da forma perfeita, amor, perfeita — ela responde, tentando se virar de frente para mim.

Impeço-a com um agarre firme em seus quadris, mantendo-a de costas.

— Dane — ela implora —, me deixe te amar.

Sem reconhecer sua súplica, minhas mãos começam a subir e descer, vistoriando seu corpo de novo. Eu poderia distingui-la de qualquer outra apenas pelo toque; cada traço, linha e curva foram gravados no meu cérebro.

— Eu amo seu corpo, Laney. Tão macio e feminino, mas ainda assim, firme e perfeito em todos os lugares certos, feito só para mim. Sinta como você se encaixa nas minhas mãos — solto um grunhido, segurando suas nádegas, de *longe* minha parte favorita do corpo dela. — Preciso saber que moro no seu coração, na sua alma, Laney, como você mora na minha. Que nada pode nos tocar, nós somos indestrutíveis.

Ela inclina a cabeça para frente, a testa encostando na janela úmida, e então geme ao mesmo tempo em que estremece quando minhas mãos apertam sua bunda, afastando suas nádegas apenas um centímetro para provocar uma parte que ainda não tomei. Estamos tão longe desse ponto, *ou assim pensei*, mas os sons pecaminosos que vêm dela enquanto a provoco lá… me fazem pensar que, porventura, ela não proteste tanto.

— Eu preciso de você — falo, passando a língua por suas costas —, preciso me sentir próximo de você agora.

— Me tome — ela pede, descaradamente, empurrando a bunda gloriosa com mais força contra mim.

— Não mova suas mãos — abaixo meu zíper —, e não discuta, pelo menos dessa vez. — Agora o restante das minhas roupas cai no chão. — Seja minha boa garota — sussurro em seu ouvido.

— Sua — ela geme.

Tão sexy, porra.

Quanto mais eu falo, mais profunda minha voz se torna, quanto mais severo meu pedido, mais ela responde. Ela foi feita para mim.

— Curve-se. — Pressiono-me às suas costas só um pouquinho e ela se curva como uma deusa do sexo contorcionista, ansiando para ser tomada ali; o lugar onde nós dois nos tornamos inteiro. Pressiono-me na curva de sua bunda mais uma vez, só para incitá-la. — Levanta essa bunda sexy, amor.

Toco-a bem devagar, e seguro seus quadris para impedi-la de se mover contra mim como sei que ela quer fazer tão desesperadamente.

— A sensação com você é sempre tão certa, Laney — consigo falar, ofegante —, tão apertada ao meu redor. Me aperta, amor. — Agora sou eu que imploro, e meus joelhos quase cedem quando ela contrai os músculos internos em volta do meu pau, do jeito que gosto. Aperta, solta, aperta, aperta, solta… — Caralho, sim, Laney, quero ficar aqui para sempre. — Movo-me freneticamente. — Quero ficar em você para sempre.

— Mais forte! — ela grita, tentando de novo responder às minhas investidas, mas incapaz disso, já que meu agarre em seus quadris é de ferro. Ouço-a grunhir em frustração.

Deitado sobre suas costas agora, e soltando uma das minhas mãos de seus quadris, coloco-a junto de seu apoio vacilante na janela, segurando-nos com firmeza. Nossas peles escorregadias e suadas deslizam juntas e a sensação é certa pra caralho.

— Eu te amo, garota, sempre você, você e eu. — Não consigo evitar dizer isso a ela sem parar; às vezes o amor, paixão e adoração que sinto por essa mulher são demais para manter dentro de mim, para não serem professados.

— Sim — ela geme quando sinto meu orgasmo se aproximando.

De uma coisa tenho certeza, porque Laney me contou abertamente, que é 30% físico e 70% mental para ela. Ela ama quando falo, não só sacanagens, mas também palavras carinhosas dizendo o quanto ela é perfeita ou o quanto a amo; preciso me esforçar para fazê-la se juntar a mim no ápice. Nunca vai acontecer só porque falei a ela que está na hora; uma ordem simplesmente não funciona, não importa qual voz eu use. Seu ponto G fica um tanto indefinível, me desafiando como se estivesse se movendo para um lugar diferente todas as vezes; mas vamos chegar lá, e estou empolgado para o tanto que teremos que treinar. No momento, seu clitóris é o local de acesso, mas não é um gatilho sensível. Preciso tocá-lo do jeito certo, na hora certa, pela quantidade certa de tempo. Nisso eu me *tornei* um mestre. E, sinceramente, me excita de uma forma absurda como preciso me empenhar para satisfazê-la. Laney não é uma transa qualquer, não finge sentimentos – quando ela goza, eu me sinto como um rei.

— Me fala, Laney — lambo suas costas —, diz que me ama. Porra, fala para as pessoas na Geórgia a quem você pertence — solto um sibilo, investindo contra ela com vigor, bruta e desejosamente, vindo de algum lugar profundo dentro de mim que precisa saber que eu a *tenho*.

— Eu te amo, Dane, te amo — ela ofega, contraindo-se ao meu redor, pronta. Estendo a mão para seu clitóris e pressiono-o na medida certa, girando-o duas ou três vezes, antes de beliscá-lo suavemente. Isso a incita, e um gemido profundo e ininterrupto escapa dela quando sinto a quente umidade extra.

— Continue, amor, comigo. — Troco o beliscão por uma carícia mais intensa, ciente de que ela vai me acompanhar enquanto gozo se eu não parar. A contração de seus músculos se torna um aperto constante ao redor do meu pau agora e eu me solto com um rugido gutural que vem do mais profundo do meu ser.

Encaro o teto enquanto estamos deitados na cama, contando o tempo entre o trovão e o relâmpago na cabeça. Ela está nua ao meu lado, fazendo aquele barulhinho de sopro que faz ao adormecer. Com um braço cruzando seu corpo, sei que, na verdade, ela ainda está acordada pelo ritmo de sua respiração. Ela tem quatro ritmos: adormecida, quase adormecendo, sonhando de leve e sonhando mais profundo. Não que eu fique acordado, às vezes, só para encará-la, observá-la em paz, absorvendo cada estremecida de suas pálpebras ou movimento de seu nariz.

Espero pacientemente para o sono levar a nós dois ou para a minha mente decidir o que fazer com meu descontentamento. Nossos corpos estão se tocando; eu nunca permito, nem no meu estado mais profundo de descanso, que essa conexão se perca... mas agora parece que existem quilômetros entre nós.

— Como você mensura o sucesso? — pergunto, aleatoriamente, baixinho, talvez uma parte minha torcendo para que ela não me escute.

— Bem, isso depende — ela responde na mesma hora.

Eu sabia que ela não estava dormindo. Sabia que ela sentiu também, algo no ar. Então, é claro que ela estava preparada e disposta a entrar na conversa quando eu ousasse começá-la.

— Não posso falar do seu, ou do sucesso de mais ninguém em geral, mas posso te dizer como eu mensuro o meu. — Ela se vira e se aconchega em mim, colocando o braço ao redor da minha cintura e se enroscando no meu pescoço.

— Como? — pergunto, dando um beijo no topo de sua cabeça.

— Se eu souber que dei 200% de mim, tive sucesso. Softbol, faculdade, uma prova, uma amizade, qualquer coisa, na verdade. Contanto que quando me afastar, eu souber que não poderia ter tentado mais, dado mais de mim na situação, e acreditar de verdade que o que fiz foi o certo, então tive sucesso. — Ela levanta a cabeça e me encara. — Por que pergunta?

— Eu me sinto fora do lugar, e não estou dando tudo de mim se não sinto paixão por isso, certo?

Seu corpo fica tenso nos meus braços, falando comigo sem palavras.

— Estou falando do meu trabalho, anjo. Você — levanto seu queixo mais alto e beijo seus lábios — é *mais* do que minha paixão. Você é minha vida.

— Então o que foi, amor?

— Eu quero ser jovem como você. Quero ter a experiência da faculdade e toda essa etapa da vida com você. Sou jovem demais para bancar o diretor-executivo da empresa o dia todo, certo?

— Se você está infeliz, então, sim, você deveria mudar as coisas. Mas o que você vai fazer com a empresa? E o que faria o dia inteiro?

Não decidi os detalhes exatos ainda, mas eu vou. Acaricio suas costas, encontrando consolo na sensação de sua pele macia contra a minha.

— Vou escolher um diretor-executivo e ser o proprietário anônimo ou algo assim. Não sei exatamente como vai funcionar, mas vou dar um jeito. E eu poderia ir para a faculdade, com você.

— Para estudar administração? — Ela dá uma risadinha, puxando meu mamilo com um sorriso travesso.

Bato em sua bunda, de brincadeira.

— Não, espertinha, eu estava pensando em algo relacionado com música.

Ela se levanta, forçando-me a deitar de bruços. Eu obedeço e ela sobe nas minhas costas, colocando as pernas de cada lado da minha cintura e começando uma massagem intensa nos meus ombros.

— Você vai descobrir — ela afirma, confiante. — Sei que vai. E estarei bem ao seu lado.

— Laney?

— Humm?

— Obrigado. — Suspiro, suas mãos mágicas apertando os músculos contraídos e tensionados nos meus ombros e quase me fazendo adormecer.

— Pelo quê?

— Por me apoiar. Por não dizer que estou sendo burro ou irresponsá-vel. Eu estava muito preocupado que você pensaria isso.

— Amor, a vida é sua para você fazer o que quiser, não o que lhe é imposto. Não acho que seu pai iria te querer infeliz. E não é como se você estivesse deixando a empresa ir para o brejo. Você vai pensar em um plano. — Ela se inclina para baixo e beija onde seus dedos tocaram, beijos molhados que acalmam até o mais tenso dos músculos. — Estou orgulhosa de você. Além do mais, é sexy quando você assume o controle.

Você não precisa colocar uma placa luminosa sobre a insinuação para mim. Rolo abaixo dela, encarando o rosto que quero ver todos os dias pelo resto da minha vida. Seu sorrisinho curvando um lado de seus lábios rosados me diz que ela está satisfeita por sua inferência ter acertado o alvo.

E eu assumo o controle, e assumo um pouco mais, até que nós dois adormecemos alegremente exaustos.

CAPÍTULO 5

Dane

Laney está toda enrolada, quente, sonolenta e fofa nos meus lençóis pretos, seu cabelo loiro espalhado pelo travesseiro escuro. Seria uma lástima acordá-la.

Que pena. Não fico tão empolgado com meu dia assim há muito tempo!

Puxo o lençol, revelando aquela bunda redonda e deliciosa... e dou um tapa com força.

— Levanta, amor, eu tenho uma aposta para ganhar!

— Isso doeu — resmunga, estendendo a mão para esfregar a ardência que acabei de deixar. — Me deixa em paz! Estou dormindo. — Ela coloca meu travesseiro sobre a cabeça e puxa o lençol para cobri-la de novo. — Vá encontrar algo para fazer, por favor. Uma hora, só preciso disso.

Eu poderia jogar esse jogo com Laney o dia inteiro. Ela vai implorar por trinta minutos quando eu voltar depois de uma hora, depois mais quinze, e então, quando vejo, é meio-dia. Não vai rolar. Tirei o restante da semana de folga do trabalho, colocando Gary Medlock no comando, e estou pronto para detonar!

— Amor, por favor, não me obrigue a jogar água gelada em você. Seria doloroso fazer isso, mas se a sua bunda fofa não estiver no chuveiro em cinco minutos, não me responsabilizarei.

Um olho grogue, cor de chocolate, surge por debaixo do travesseiro, maldosamente entrecerrado.

— Você não se atreveria — ela sibila em uma voz adorável, sonolenta, e nem um pouco intimidante.

Ela precisa mesmo desenvolver um gosto por café. Eu poderia simplesmente abrir sua boca e jogar lá dentro, economizando bastante do nosso tempo e sofrimento nas manhãs. Ando até a ponta da cama e agarro seus tornozelos, tentando arrastá-la, mas ela consegue se agarrar à cabeceira, detendo meu esforço.

Para ser justo, eu meio que a esgotei ontem à noite, se me permite dizer, mas estou de pé, então ela vai levantar também. Está na hora da artilharia pesada.

— Tudo bem, amor, pode dormir. Eu só vou para o duplex sozinho e começar o meu quarto. Não se preocupe, não vou mexer no seu, ou espiar, prometo.

E é assim que se faz, pessoal!

Nossa vítima em coma ganha vida, saindo da cama, me encarando o caminho todo enquanto marcha até o banheiro. Eu sabia que ela não conseguiria resistir – o pensamento de eu estar um passo à frente foi demais para ela aguentar.

Espere até ela descer para o café da manhã.

Laney

Ah, ele joga sujo. Primeiro, a ameaça da água, depois, me arrastando à força da cama, seguido por um claro golpe baixo com ameaças de trapaça.

E agora isso. Cacete, ele é bom.

No balcão há um enorme vaso de rosas lilases, quase a exata cor que escolhi para meu novo quarto, com um cartão branco escrito "Para Você" pendurado. Ao lado, tem várias caixas de cereal, minhas favoritas. Ando até lá e cheiro as flores primeiro, demorando um pouquinho. Uma mão trêmula pega o cartão e o abre; ele não comprou isso pronto, ele mesmo escreveu, o gesto acalentando meu coração.

> *Laney, na primeira vez em que te vi, e tive o privilégio de colocar os olhos sobre a sua beleza, você estava usando uma camiseta da mesma cor dessas flores... lavanda.*

Tento me relembrar – ah, sim, ele está certo. A noite do Quebra-Gelo, eu estava usando jeans, chinelos cinza e, é claro, uma camiseta lavanda.

Uau. Só... uau. Continuo lendo:

> *Eu aprenderia mais tarde que lavanda também é o cheiro que vim a conhecer como Laney. Você sempre está maravilhosamente cheirosa, preenchendo meus sentidos com tudo o que é você. É bastante apropriado – a camiseta, seu cheiro, essas flores –, rosas lilases têm sido tradicionalmente conhecidas por expressar encanto e amor à primeira vista. E você, meu amor, me encantou à primeira vista, com certeza. E amor? Bem, eu sabia naquele momento que se alguma pessoa me fizesse amar, seria você... E você fez, e eu amo.*
> *Eu te amo, amor. Beijos, D*

Meu Deus, esse homem – de jeito nenhum ele é real.

Não me considero o tipo de garota melosa e sentimental, mas isso... bem, inscreva-me no Piegas Anônimas, porque estou dentro! Esse presente é um lembrete maravilhoso que embora Dane seja um dominante homem das cavernas, tanto quanto uma mulher como eu pode aguentar, ele é romântico e atencioso.

Ele se esgueira por trás de mim e envolve minha cintura com seus braços.

— Você me perdoa agora, Senhorita Glória da Manhã?

— Mmmm. — Inclino-me contra ele. — Tão fofo, amor. Eu também te amo.

— Bem, acostume-se. Terei mais tempo livre agora para todos os toques especiais.

Viro-me em seus braços, analisando sua roupa casual.

— Você tirou o dia de folga?

— Tirei a semana toda de folga. E talvez eu faça o mesmo na semana que vem. Depende de quanto tempo vou levar para ganhar nossa aposta. — Ele dá uma piscadinha.

— Ah, querido, adorável, Sr. Kendrick. Apenas lembre-se, até quando você levar uma surra, se você deu tudo de si, ainda foi bem-sucedido.

— Está pronta para ir? Tenho coisas para fazer hoje e se você continuar falando, vamos voltar direto para a cama.

— Estou tãooooo pronta — ronrono, pressionando meus seios em seu peito, e estendendo a mão para segurá-lo pelo short, esfregando para cima e para baixo. Assim que ele se abaixa para me beijar, pensando que estou oferecendo um pouco de prazer matinal, eu me afasto e termino minha frase — para te dar uma surra! Te vejo no carro!

Saio correndo enquanto ele fica sozinho ali, ajustando-se.

Home Depot[4] é talvez a melhor loja na Terra – quero dizer, exceto pela Loja da Disney, mas isso é óbvio. Dane e eu estamos aqui na *Depot* e nos separamos por conta de nossos projetos ultrassecretos. Hoje ele está como uma criança em dia de Natal, com uma alegria extra que nunca vi, e é tão cativante. Estou torcendo para que as coisas realmente funcionem como ele está esperando e que seja capaz de se afastar da empresa e ser... bem, ele mesmo.

Tudo o que ele faz é pelos outros – pela felicidade, pela conta bancária, pela educação deles. Já está na hora de ir atrás de sua própria felicidade. E é exatamente por isso que confisquei seu celular; nenhuma ligação do trabalho para estragar sua alegria.

Devo dizer, fico mais do que surpresa quando toca aparecendo "Jeff Walker" na tela. Por que meu pai está ligando para Dane?

---

4   É uma companhia varejista norte-americana que vende produtos para o lar e construção civil. Foi fundada em Atlanta, Geórgia, Estados Unidos por Bernie Marcus e Arthur Blank.

— Papai? — atendo, curiosa.

— Oi, Campeã, como você está?

— Hmm…bem. Sabia que você ligou para o celular do Dane, e não o meu?

— Ainda não estou senil, querida. Cadê seu amigo? Preciso descobrir quando ele vem buscar a serra circular. Emprestei para Scott há um tempo, então tenho que pegar com ele.

O quê, o que é isso? Ele disse serra circular? Recrutando a ajuda do meu próprio pai contra mim?

— Papai, isso é um motim! Você não pode ajudá-lo a me vencer, eu sou sua filha! Diga a ele que você perdeu aquela serra.

— Sobre o que você está tagarelando? Ajudá-lo a te vencer no quê?

Explico rapidamente a situação para meu pai, confiante de que ele vai entender meu lado e concordar em rejeitar o empréstimo de qualquer coisa para minha nêmesis da reforma de casa. Se Dane quer uma serra – *por que* Dane quer uma serra? – ele pode comprar uma, porque minha família está fechada para negócios!

Entretanto, meu pai vê as coisas de forma diferente, escolhendo ao invés disso apertar na tecla de que Dane comprou uma casa para mim, fora do *campus*.

— Você vai morar com um cara que está namorando há o quê, seis meses, e está me contando só agora? Não concordo com isso, Laney Jo.

Como é possível que eu tenha esquecido de dizer a ele? Talvez o medo mortal da fúria do Papai tenha causado um bloqueio mental subconsciente.

— Ele não vai morar lá também, papai. É minha, ele comprou para mim para que eu não precisasse morar mais no dormitório. Tenho uma cama grande e uma geladeira; posso cozinhar refeições de verdade agora! E Bennett mora logo do outro lado.

— Por que Bennett simplesmente não mora com você?

Nem um pouco católica, faço rapidamente o sinal da cruz, pedindo perdão pelo que estou prestes a fazer. Você sabe, jogar minha amiga para os lobos para me deixar bem na fita.

— Porque, papai — digo, com uma voz de garotinha —, ela *está* morando com o namorado dela no lado de lá.

Devo à Bennett um presente de culpa muito bom.

— Ah, bem — ele murmura —, nesse caso, acho que estou feliz por você, filha. Isso foi muito bacana da parte dele, e fico feliz por saber que você pode cozinhar. Você, provavelmente, pode lavar sua roupa lá também, hein?

— Sim, tem uma lavanderia. Quarto de hóspedes também! Você pode vir e ficar comigo.

Preferivelmente *antes* de Sawyer se mudar para lá.

— Laney Walker, por favor, dirija-se à área de Vida ao Ar Livre — o alto-falante ecoa pela loja. — Laney Walker para Vida ao Ar Livre, por favor.

— Hmm, papai, tenho que ir agora. Estou sendo chamada no alto-falante aqui na *Home Depot*.

— Merda, Campeã, você quebrou alguma coisa?

— Não, papai — rio —, tenho certeza de que Dane mandou me chamar.

— Tudo bem então, vá encontrá-lo. E fale para ele me ligar.

— NADA DE SERRA, PAPAI! Estou falando sério!

— Tchau, querida. — Ele ri e desliga.

Estou amando o Dane despreocupado. O sorrisinho infantil em seu rosto quando nossos olhares se conectam assim que entro na seção Vida ao Ar Livre é a coisa mais fofa que já vi.

— Confortável? — Dou uma risada e pergunto para meu homem louco, que está esparramado em uma das banheiras de hidromassagem em exposição. Não perto ou ao lado. Dentro.

— Estou — ele assente e dá uma piscadinha, os braços apoiados nas beiradas da banheira —, mas preciso que você entre aqui também, só para garantir que é grande o bastante.

Viro-me ao ouvir o som de uma tosse atrás de mim e vejo um cara, provavelmente da minha idade, mal conseguindo segurar a risada com o show de Dane.

— As pessoas geralmente se sentam dentro delas para testá-las? — pergunto a ele, esperando que isso seja normal e que não estamos dando o espetáculo que suspeito.

— Não, normalmente não — ele ri —, mas não tem problema se você quiser se juntar a ele.

Longe de mim tirar um pingo da diversão de Dane. Por isso, é claro, passo uma perna para dentro sem vergonha alguma e me junto a ele em uma banheira vazia no meio da *Home Depot*. Completamente normal.

— Por que você está pensando em uma banheira nova? Tem algum problema com a sua?

— Não. — Ele move um dedo para mim, me chamando para ficar

41

mais perto. — Eu gostaria de te pedir humildemente para discutir comigo os benefícios de colocar isso no seu deque.

— Ah, amor, bom trabalho — dou uma batidinha na sua perna de forma condescendente —, obrigada por perguntar primeiro, mas não. Você já me deu o bastante. Não vou tirar proveito da sua generosidade com coisas desnecessárias. Consigo sobreviver sem uma banheira de hidromassagem. — Inclino-me e dou um beijo em sua bochecha. — Mas obrigada, de qualquer forma.

— Mas e se *eu* não conseguir sobreviver sem ela? Alguns dos nossos melhores momentos aconteceram em uma banheira de hidromassagem. Acho que precisamos de uma em cada lugar.

Ele agora está esfregando o nariz para cima e para baixo no meu pescoço, *quase* me fazendo esquecer de onde estamos. Em público. *Home Depot*, de todos os lugares.

— Embora aprecie o fato de que você queira discutir isso no meio da loja, sentado em uma banheira de mostruário, podemos, por favor, sair e conversar sobre o assunto mais tarde?

— Puritana. — Mordisca meu pescoço.

— Exibicionista. — Belisco sua coxa. — Vamos. — Saio da banheira, observando em volta para ver que, ora, sim, nós temos um pequeno público. *Ah, foda-se*. Faço uma reverência. — Aliás — digo, quando ele se junta a mim —, meu pai te ligou de volta. — Disparo o olhar para ele. — Sei tudo sobre a sua traição da serra circular. Eu não só o *proibi* de te ajudar, mas... bem, divirta-se ligando de volta para ele. Eu meio que esqueci de contar a ele, até hoje, que você comprou uma cabana do amor para sua única filha.

E com isso, caminho pelo corredor, realmente rebolando os quadris de um jeito sedutor para o gatinho boquiaberto que está congelado no lugar atrás de mim.

Estou amando demais todas as chances que estou tendo de fazer isso com ele ultimamente.

CAPÍTULO 6

Dane

Que Deus te abençoe, Nelly, pela música *Batter Up*. Eu, literalmente, não consigo desviar o olhar da bunda dela balançando ao som da batida. E ela é tão talentosa, rebolando *enquanto* pinta a cozinha – incrível.

— Minha nossa — murmuro, baixinho. Considerando seriamente em atacá-la. *Isso mesmo, se estica bem para alcançar aquele lugar. É, na ponta dos pés, agora segura...* merda! Derrubar o pincel provavelmente não é a melhor forma de *não* ser pego observando com a língua para fora.

Ela, é claro, escuta o pincel atingindo o chão e se vira, erguendo as sobrancelhas para mim com um sorrisinho fofo.

— Precisa de alguma coisa, amor?

Assinto, com medo de falar já que minha voz pode falhar como a de um adolescente excitado.

— E o que seria?

— Eu, hmm...

— Você derrubou uma coisa — ela aponta, abaixando-se na minha frente para pegar o pincel para mim, depois caminha até a pia, molhando um pano. — Deixe eu limpar isso antes que seque.

Agora ela está de quatro, e quando a bagunça desaparece e o pano é jogado na bancada, continua nessa posição. Ela ergue o rosto para me encarar, os olhos quase pretos, escurecidos de paixão.

— O que você disse que precisava mesmo?

Uma coisa que ainda não dominei, que acho que é um problema para todos os homens, é o que exatamente vira a chave para ela. Ela quase nunca é a que ataca, então meu sangue ferve quando Laney toma a iniciativa, assume as rédeas, e deixa descaradamente claro que ela me quer. Tento catalogar os momentos, como agora, para encontrar o denominador comum – uma palavra que uso, certas roupas, um olhar –, qualquer coisa para me ajudar a desvendar o gatilho, mas até agora continuo perplexo. O dia em que eu descobrir? Será esse o dia em que vou chorar como um bebê e agardecer aos céus de joelhos.

Mas por enquanto, serei apenas grato por isso acontecer por conta própria de vez em quando, do nada.

— Preciso de qualquer coisa que você queira me dar, amor — respondo com sinceridade.

— Humm. — Ela se ergue nos joelhos, levantando a barra da minha camiseta e traçando as linhas do meu abdômen com a ponta da língua. — E *eu* preciso que você tire essa camiseta.

Coloco a mão na gola à nuca e a arranco em um piscar de olhos, jogando-a em algum lugar.

— E agora?

Sempre que consigo ouvir Laney falar, aumento minhas chances de que ela vá falar sacanagem, levando-me a uma estratosfera totalmente diferente. Quando estou no comando, estou por inteiro, mas de vez em quando... minha garota me deixa louco. Amo sua boca suja quando consigo fazê-la continuar.

Ela desabotoa meu short, abaixando o zíper enquanto me encara.

— Me diga você.

Que implicante, já desistindo. Inclino-me sobre ela, colocando minhas mãos sobre a bancada.

— Não, amor, esse show é seu. Quero ver o que você tem a oferecer.

Aceitando o desafio, ela beija meu abdômen, meus quadris, e abaixa meu short e cueca até os tornozelos. Meu pau está duro como uma rocha; acho até mesmo que está inclinando-se na direção de sua boca por conta própria. Ela beija toda a circunferência, dá umas mordiscadas aqui e acolá, enquanto uma mão brinca asperamente com as bolas, mas meu camarada ainda se encontra sem a devida atenção.

— Coloca essa boca gostosa em mim, amor — gemo, com uma das mãos se soltando do balcão e se enfiando em seu cabelo, guiando sua cabeça para o lugar onde mais preciso dela.

— Onde? Aqui? — Abaixa a cabeça e toma uma das minhas bolas na boca, chupando com vontade e apertando aquele ponto 'do caralho' logo atrás. Sim, eu ensinei isso a ela, e posso garantir que ela sabe exatamente o que isso faz comigo. Uma ação com as bolas é sempre bacana, mas estou morrendo para me afundar em sua boca agora mesmo.

— Porra, amor — ofego, agarrando seu cabelo com mais força —, enfia meu pau logo na sua boca. E chupa bem gostoso. — Ah, ela está pedindo por isso. Estou a cinco segundos de mostrar a ela o que garotas maravilhosas que não escutam direito as coisas recebem.

Finalmente, sua boca envolve a ponta, chupando com gentileza. Ela agarra a base e dá uma bombeada, sem me levar por inteiro em sua boquinha gostosa. Eu nunca me afundaria até a garganta, mas, puta que pariu, ela está testando minha paciência. Uma encruzilhada no meio de um boquete, o que devo escolher? Agir todo resmungão e exigente ou implorar gentil e pateticamente?

— Laney... — eu a advirto com um rosnado contido, e sinto sua risada vibrar em toda a ponta do meu pau, o que, na verdade, é uma sensação ótima. E louco como sou, um golpe de gênio me vem à mente, e sei exatamente o que fazer para essa atrevida teimosa me engolir inteiro. — Está tudo bem, você vai melhorar com o tempo.

Ahhh, lá vamos nós, porra. Agora ela parte para o ataque, os lábios rodeando apertado pelo meu comprimento, sem dar uma pausa na sucção. Sua língua pressiona com força a minha veia, para cima e para baixo, enquanto os dedos seguem o mesmo padrão no meu períneo.

— É isso aí, amor, desse jeitinho. Mmm... hmmm, isso é bom pra caralho, Laney — gemo, incentivando-a.

Envolvo a base do meu pau com uma mão, garantindo que eu saiba a hora certa de parar, ao invés de foder seu rosto como um maníaco. Ela é o máximo, na verdade, é *realmente* muito boa nisso, e segura meus quadris com as mãos, me deixando ditar o ritmo. Com uma mão em seu cabelo, e a outra ao redor da base, sinto o início daquele formigamento nas bolas subindo pelos vasos sanguíneos, dando boas-vindas à sensação prazerosa.

— Vou gozar, amor, você quer engolir?

Ela assente, olhando para mim enquanto agarra meus quadris com mais força, aumentando a pressão com os lábios. Inclino a cabeça para trás, me soltando e desapegando de qualquer coisa insignificante que não seja eu e Laney. Minha garota linda está bem ali comigo, tomando tudo, me dando exatamente o que preciso.

45

Tento me retirar de sua boca quando acabo, mas ela se mantém firme como se precisasse de mais. Isso é *muito* sexy, mas como já gozei, a ponta agora está sensível. Venço a batalha e puxo minha calça para cima, então me ajoelho para me juntar a ela.

— Por que toda essa provocação? — pergunto, beijando seu pescoço de cima a baixo.

Ela geme e ri ao mesmo tempo.

— Não faço a menor ideia do que você está falando.

— Não? Então deixa eu te mostrar. — Eu a deito no chão da cozinha e começo a mostrar a ela que dois podem jogar esse jogo, usando minha boca e língua para atormentá-la... duas vezes.

Laney

— Amor — chamo pela porta —, está ficando com fome?

— Sim, deixe eu terminar aqui e vou fazer alguma coisa.

— Que tal eu só pedir uma pizza e saladas? Ligar e convidar Tate e B para cá?

— Pode ser! — ele responde.

Faço nosso pedido, o que significa pelo menos três pizzas não apenas para alimentar todo mundo, mas também para garantir que tenha a preferência de todos. Sou uma garota de azeitonas pretas, Dane, de pepperoni, Tate, abacaxi, e Bennett, apenas salada, isso é, até você não estar olhando e então ela vai pegar um pedaço de tudo. Começo afastando as coisas da reforma na sala, o bastante para dar espaço para uma toalha de piquenique, já que não tenho móveis. Simplesmente não vejo motivo em trazer um monte de coisas que terei que cobrir quando for pintar.

Pinturas primeiro, móveis por último.

— Olá! — Bennett bate e chama enquanto abre a porta. Não que eu me importe, mas as atividades como a de mais cedo na cozinha não precisam ser flagradas, então talvez eu diga algo a ela? Não tenho certeza de quando me tornei uma tarada... Pensei ter lido que as mulheres não sentiam desejo assim até o final de seus trinta anos, mas amo me sentir próxima de Dane. E com o tempo livre no verão, e ele de folga do trabalho, estamos ficando muito parecidos com coelhos.

— Entrem — respondo, finalmente, fantasiando aventuras sexuais de forma muito estranha enquanto eles estão parados ali. — A pizza deve chegar logo. Quais as novidades? — Agacho-me no chão para que eles saibam que é para fazer o mesmo.

— Por que você ainda não tem nenhum móvel? — Bennett pergunta, olhando em volta, o rosto bonito tomado pela confusão.

— Porque ela está tentando pintar sozinha, primeiro — Dane responde por mim quando vem do corredor e dá um abraço de macho no Tate. — Como você está, mano?

— Melhor que você, cara. Eu tenho um lugar para me sentar — Tate resmunga, mas me dá um sorrisinho zombeteiro.

— Estamos quase acabando. Vou comprar móveis nesse final de semana, na verdade — comento com orgulho.

— Em vendas de garagem — Dane murmura, baixinho, mas eu escuto.

— Então — interfiro, sem querer ter essa conversa de novo —, vocês falaram com Sawyer ultimamente? Sinto que ele sumiu da face do planeta.

— Eu o vejo no trabalho — Tate dá de ombros —, parece bem, acho. Ele não vai vir morar com você aqui?

— Não sei, não falei com ele. — Preciso dar um jeito de conversar com ele. O casamento do Parker está quase chegando e tenho certeza de que ele vai querer ir depois de ter ficado na fazenda com eles por um tempo. E, sim, quero saber se ele ainda tem planos de ser meu colega de quarto. Falando de trabalho, porém: — Tate, como vai a academia?

Dane passou a posse total da academia para Tate não faz muito tempo, e Bennett ajuda a administrar as coisas do escritório. Estou tão orgulhosa do Dane, oferecendo a eles um jeito de definirem seu futuro. Esse vai ser o último ano do Tate na faculdade, e agora ele tem um plano para depois da formatura. Sei que isso tira um grande peso das costas deles.

— Muito bem. — Ele faz uma careta quando se senta no chão, ao lado de Bennett. — Vamos acrescentar uma creche nos fundos para os pais que querem ir depois do trabalho ou nos fins de semana. Ideia da Bennett. — Ele dá um tapinha na perna dela e a olha com orgulho.

47

— Essa é uma ótima ideia, B. — Dou um sorriso caloroso. — Se vocês precisarem de gente, talvez eu poderia trabalhar lá umas duas noites por semana? Eu amo crianças, e o dinheiro extra vai vir a calhar.

— É claro — Bennett responde na mesma hora. — Está contratada.

Sim, Sr. Kendrick, estou te vendo de cara feia aí, mas você vai sobreviver. Estou falando só de alguns turnos aqui e ali, e quero meu próprio dinheiro.

— Podemos comer na nossa casa? Esse chão é desconfortável pra caralho — Tate reclama, colocando um braço para trás, esfregando as costas.

— Suas costas estão te incomodando? — Dane pergunta a ele, preocupado. — Você foi ver alguém?

— Não — Tate balança a mão para ele —, não é tão ruim assim, só piora de vez em quando. Sabe do que eu preciso? Uma banheira de hidromassagem! Seria legal ficar de molho de vez em quando.

Ah, você só pode estar brincando comigo.

Pelo visto não, porque Tate continua:

— Laney, você não se importa se eu colocar uma *jacuzzi* lá atrás, né? É claro, seria sua para usar também.

Se Tate soasse mais como um robô lendo um roteiro agora, eu até riria, mas já que sei o que e *quem* está por trás disso, *não* vou rir.

— Engraçado você mencionar isso, Tate. — Viro-me para Dane, cujos olhos permanecem focados em Tate embora eu saiba que ele consegue sentir meu olhar. — Por que s...

— A pizza chegou! — Dane grita quando tocam a campainha, me interrompendo e correndo como se o cara da pizza fosse salvá-lo.

Ele fica parado na porta pelo máximo de tempo possível, tagarelando desesperadamente com o entregador, que está, sem dúvida, pensando que nenhuma gorjeta vale o interrogatório. Apareço atrás dele e coloco uma mão em suas costas.

— Obrigada. — Sorrio para o cara da pizza e acabo com a palhaçada ao fechar a porta. — Vamos comer, amor. — Finjo-me de boazinha, segurando sua mão e o puxando de volta para a sala.

Deixo passar, por agora, e comemos juntos no meu chão. Bennett concorda em me ajudar a comprar algo para vestir no casamento e me convida para uma festa "só de garotas" que uma colega da sua aula de teatro vai dar. Parece chato pra caramba, mas concordei em ir pela B. Tate e Dane jogam conversa fora sobre o *The K*, a academia e qualquer outra coisa até que estamos satisfeitos e, de forma unânime, de saco cheio de ficar sentados no maldito chão.

— Então, tenho que ir para o trabalho daqui a pouco. — Tate se levanta e estende a mão para Bennett. — Vocês dois deveriam vir tomar uma bebida — ele diz para mim e Dane.

Dane olha para mim – *pela primeira vez em um tempo, medroso* –, deixando que eu decida.

— Estou exausta. Trabalhamos demais aqui, o dia inteiro. Acho que prefiro só ir para a sua casa e me jogar na cama.

Preparar? Apontar. Fogo...

Sorrio docemente.

— Talvez entrar na banheira por um tempo.

Ele tenta esconder, mas suas narinas inflam e seus olhos se arregalam por um milésimo de segundo. Ele pigarreia e se remexe.

— O que você quiser, amor. Deixa para a próxima? — ele pergunta para Tate.

— Claro, tanto faz. Divirtam-se, vocês dois. — Ele dá um tchauzinho e guia Bennett, que também se despede, para fora da porta.

Agora que estamos sozinhos, dou pequenos e lentos passos até chegar nele, do outro lado da sala. Vejo seu pomo-de-adão se mover em sua garganta enquanto me aproximo e ele me encara, cético.

Percorro um dedo de seu queixo até sua garganta.

— Que pena pelas costas do Tate — murmuro com a voz rouca. — Você realmente precisa insistir que ele vá ver um quiroprata.

— Meu irmão é um péssimo ator — ele reconhece depressa, deixando escapar um suspiro.

Agora eu rio mesmo, porque, sim, Tate é o completo oposto de sua linda namorada – aquela foi uma das piores atuações na história da arte.

— Você sabe o que isso significa, não é?

— Não sei, mas tenho certeza de que você vai me contar. — Ele passa a mão pela minha cintura, logo abaixo da camiseta para que sinta minha pele nua, puxando-me contra si. — Faça o seu pior, amor — ele diz, beijando minha testa.

— Se você realmente quer uma banheira de hidromassagem lá, vá em frente. Mas — bato na ponta de seu nariz com meu dedo —, você vai comigo às vendas de garagem durante o sábado todo. E vai sorrir o tempo inteiro, sem fazer careta ou resmungar.

Ele sorri, seu rosto lindo se iluminando e gerando arrepios pelo meu corpo, como todas as vezes.

— Posso fazer isso.

— Ótimo. Agora vamos para a sua casa. Estou quase dormindo em pé.

49

CAPÍTULO 7

Laney

Depois de passar a noite "fazendo as pazes" na banheira e cair na cama completamente exausta, acordo em sua cama enorme, sozinha. Não estou surpresa, não é preciso muito para que ele levante antes de mim, então coloco um roupão, caso a Helen esteja aqui, e sigo para o andar de baixo, até a cozinha.

Nenhum sinal de Helen, mas há uma linda surpresa. Dane atacou novamente.

Em cima da bancada há um grande vaso cheio de rosas de diferentes tons rosados. Mal posso esperar para ver o que está escrito no cartão:

Amor,

As opiniões variam, e parece não haver consenso sobre qual cor de rosas realmente significa perdão. Mas é certo que 15 delas, de qualquer cor, significam 'me perdoe'. Então comprei 15 de cor rosa. Uma para a cor dos seus doces lábios, outro tom para combinar com suas bochechas quando faço você corar para mim, e por último, o rosa perfeito que sempre me faz lembrar de nós dois, juntos. Vou deixar você descobrir sobre o que estou falando.

Me desculpe por ser tão teimoso quanto à banheira, e sinto muito por ter tido que ir ao escritório essa manhã. Devo voltar na hora do almoço.

Eu te amo e amo fazer as coisas para você, então seja uma boa garota, me perdoe e abra a caixa.

Sempre para você, Beijos, D

Atordoada, rasgo o laço e os papéis, e depois tiro a tampa.

No meio do papel de seda há um biquíni fio dental rosa-claro. E um bilhete.

Ver você com isso… faz valer a pena discutir. Com amor, Seu Homem das Cavernas.

Sua consideração, as formas criativas e divertidas com que ele consegue as coisas... só um tolo não cederia. Além do mais, ele poderia sempre estar implorando para eu perdoar as más ações. É realmente tão importante assim deixar passar as boas?

Achei que não.

TSPB. Quando um cara fala isso, sabe-se que eles querem dizer traga sua própria bebida. Quando um convite para uma festa só de garotas fala – e você vai querer se lembrar disso –, significa traga sua própria bateria. Por que precisaria de baterias, você pergunta? Ah, é simples… porque Kiki, a apresentadora da noite, quer garantir que todo mundo possa testar a intensidade dos vibradores, dildos e outros dispositivos que ela está passando pelas mãos das pessoas ao redor do círculo.

Quero dizer, quem é que não sabe disso?

Dizer que essa festa é interessante seria o eufemismo do ano. Bennett está tentando entrar na onda, rindo de nervoso, mas obedecendo quando lhe é entregue um gel lubrificante e a mulher diz para ela ir testar uma amostra no banheiro. Mas eu? Bem, estou sentada aqui, girando – mas o quê –, minha nossa, estou girando as bolas Ben Wah nervosamente na minha mão, considerando o suicídio. Coloco-as no chão e olho em volta, esperando que ninguém tenha notado.

Por acaso mencionei que ganhei o prêmio do sorteio? Com certeza, sou agora a orgulhosa dona do Amigão dos Fundos, um dildo anal, enorme e roxo. Acho que vou chorar. Sério.

— Laney? — a apresentadora Kiki lê a etiqueta com meu nome. — Você se importa de me ajudar com essa demonstração?

— Q-quê? — Engasgo com minha própria língua. — Não, quero dizer, sim, eu me importo. Estou ótima bem aqui, só, você sabe, sentada.

— Tem certeza? Você ainda não participou, e eu gostaria de mostrar a todo mundo como usar essa específica cinta *strap-on*. Não se preocupe, colocaremos por cima das suas roupas.

Bennett sai do banheiro, suas bochechas levemente coradas, e coloca o tubo na mesa. Estou salva.

— Bennett vai fazer isso. — Aponto para ela com um dedo trêmulo.

Fico mais confortável com meu lado sexual a cada dia que passa, mas somente com Dane. *Sozinha*. Aqui não estou sozinha, isso é uma sala cheia de mulheres ousadas pra caramba que nem conheço. Talvez eu seja pudica, porque todas as outras garotas estão dando risadinhas, compartilhando informação demais sobre suas vidas pessoais, e testando alegremente cada amostra que é entregue a elas. Ainda estou meio que esperando que o chão me engula.

— Fazer o quê? — Bennett pergunta, se contorcendo de leve, como se precisasse fazer xixi.

— Você está bem, querida? — Kiki pergunta a ela.

— Hmm… — Bennett se inclina e sussurra algo em seu ouvido, e Kiki segura sua mão, levando-a de volta ao banheiro.

Que diabos????

Levanto-me e sigo para o banheiro, querendo saber o que está acontecendo com a minha amiga, agradecendo a Deus por termos esquecido a demonstração da cinta *strap-on*.

— O que ela tem? — pergunto para Kiki, que está parada do lado de fora da porta fechada.

— Ela só exagerou um pouquinho no lubrificante picante. Falei para ir lavar. Ela vai ficar bem. Agora — coloca uma mão no meu ombro —, vamos ver se consigo achar o item perfeito para você.

— Não, não, tudo bem. — Balanço a cabeça, afastando-me dela com minhas mãos erguidas à frente. — Não preciso de nada. Tenho um Amigão da Porta Dianteira e dá conta do recado, obrigada.

Eu realmente acabei de falar isso?

— Assim que Bennett terminar aí dentro, nós temos que ir. Estou atrasada para... para a igreja.

Ela ri alto, inclinando a cabeça para trás, e depois me encara outra vez.

— Não precisa ficar contrangida, querida. Você é jovem e isso é maravilhoso. Um dia, você vai precisar dessas coisas. Me procure quando a hora chegar. — Ela dá uma batidinha na minha bochecha e se afasta.

— B! — chamo pela porta, batendo de leve. — B, abra a porta!

Ela abre e Bennett me puxa, fechando-a depressa.

— Ai, meu Deus! A *Cha Cha* está pegando fogo! Acho que posso ter feito um estrago permanente.

Passo lentamente a mão pelo meu rosto, sem acreditar que isso está mesmo acontecendo comigo.

— Devo supor que *Cha Cha* é a sua vagina? — pergunto.

— Sim, Bolinh...

— Não fale! — Cubro sua boca com a minha mão, à beira do meu limite. — Eu sei como você o chama, e agora, como um milagre de Natal, sei como ele chama sua amiguinha. Incrível. Quanto desse negócio picante você colocou? — Julgando pelo fato que esse maldito banheiro inteiro cheira como uma fábrica da *Victoria's Secret*, vou dar um palpite e dizer *demais*.

— Não sei — ela choraminga enquanto se contorce toda —, mas já lavei umas quatro vezes e ainda está queimando pra cacete. O que vou fazer?

— Acho que precisamos te colocar em uma banheira onde você pode ficar imersa. Vá para a caminhonete. Vou pegar nossas coisas e te encontro lá.

— Tudo bem. — Ela assente, os olhos se enchendo de lágrimas.

— E, Bennett — viro-me, com uma mão na maçaneta —, se você sequer *pensar* em me trazer para uma festa como essa de novo, eu vou te segurar e te sufocar com o Amigão dos Fundos.

— Senhoritas — Tate zoa de leve do sofá, uma cerveja, provavelmente de muitas, em sua mão —, vocês se divertiram?

Reviro os olhos.

— Não sei se *divertiram* é a palavra exata que eu usaria. Hmm, uma ajudinha aqui? — grito. Como eles não estão vendo quanta dor Bennett obviamente está sentindo? Um braço está ao redor do meu pescoço e ela geme a cada passo que damos.

Ambos os garotos saltam na hora e correm para me ajudar com ela.

— Qual é o problema, querida? — Tate pergunta, preocupado.

— Ela quebrou sua Perseguida e não consegue andar — respondo por ela.

Dane vira a cabeça para me encarar, sua boca se curvando em uma careta chocada.

— Ela o quê?

— Gel picante é *no bueno*. Agora ajude o Tate a levá-la ao banheiro. Vou pegar uma muda de roupas para ela. Tate, água morna na banheira, nada de bolhas ou óleos ou qualquer outra coisa.

Por que todo mundo só está me encarando?

— MEXAM-SE, gente! DEPRESSA!!!

Agora sim. Caramba.

Eles ajudam Bennett a mancar até o banheiro, enquanto vou para o quarto deles e remexo em suas gavetas, encontrando uma calça larga de pijama e uma camiseta. Nada de calcinhas hoje, acho. Abro a porta do banheiro e as coloco na bancada, absorvendo o que talvez seja a cena mais engraçada que meus olhos já contemplaram.

Dane está com os olhos fechados e o rosto virado para o outro lado, ao mesmo tempo em que tenta segurar Bennett de pé. Tate está de joelhos ajudando-a a tirar a roupa enquanto Bennett grita:

— Assopra, assopra!

— As roupas estão na bancada, B. — Não consigo evitar dar uma risadinha. — Você vai ficar bem?

— Com certeza vai passar em um minuto, não é? — Ela me encara, em total desamparo, os olhos duvidosos e preocupados. — Quero dizer, eles não venderiam se realmente fosse um veneno carnívoro, certo?

— Certo. — Assinto. — Entre na água, você vai ficar bem.

— Tipo, em quanto tempo — Tate pergunta — você diria, se fosse dar um palpite?

— Acho que não é o momento para falar dos seus sentimentos noturnos, irmão — Dane supõe. — Apenas tire isso da sua cabeça agora.

— Ai, meu Deus, Tate, é com isso que você está preocupado? — Bennett, completamente pelada agora, o encara, fazendo cara feia quando ele vira a torneira toda ao seu lado para a água fria.

— Não, querida, eu... não. Cale a boca, Dane!

— Tudo bem, ela parece pronta para entrar. Dane e eu vamos embora. Te amo, B!

— Te amo — ela choraminga sobre o ruído da água corrente. — Obrigada.

Dane ainda está sorrindo quando voltamos para a sala, arrumando as coisas para eles antes de irmos embora.

— Então, me conte mais sobre essa festa...

— Você não quer saber.

— Ah, mas eu quero — ele me garante, puxando-me para seus braços. — Você experimentou alguma coisa?

— Deus, não — empurro-o —, mas ganhei o prêmio de um sorteio.

Ele grunhe, pendendo a cabeça para frente.

— Por favor, me diga que não é uma daquelas coisas supersônicas que estimulam o clitóris.

— Uma daquelas o quê? E como diabos você sabe qualquer coisa sobre brinquedos sexuais femininos? — Afasto-me, encarando seu rosto culpado.

— Não sei! — Ele balança a cabeça, freneticamente. — Só ouvi falar.

— Ouviu o quê? De quem?

— Coisas — ele esfrega a nuca —, e, hmm, Sawyer.

— Se você quer que eu acredite em você, não fale *hmm* da próxima vez. Tudo bem, eu não preciso saber. — Seguro sua mão e abro a porta. — Só vamos para casa. A noite foi longa.

— Mas você não fez, certo? — Ele ergue nossas mãos unidas e beija a minha, e depois abre a porta do meu carro para mim. — Não experimentou nenhuma coisa que zumbe e tremula?

Enroscar

Levanto o rosto para encará-lo do banco e lanço uma olhada enviesada, então ele fecha a porta depressa e entra no outro lado.

— Não — respondo, ao sairmos da garagem —, não testei nenhum item masturbatório no banheiro de um desconhecido. E estou imaginando se você bateu a cabeça enquanto eu estava fora, já que precisa sequer perguntar.

— Graça a Deus — ele murmura, segurando minha mão outra vez e a apertando. — Aqueles brinquedos não são justos com os caras.

— Como assim? — pergunto, curiosa para saber exatamente onde ele quer chegar com isso.

— Eles nos levam ao fracasso. Minha língua e meus dedos nunca vão conseguir se mover tão rápido quanto pilhas AA. Se você se acostumar com isso, não serei páreo em comparação.

Não consigo evitar dar uma risada; meus olhos se enchem d'água.

— Bom saber. Vou manter isso em mente.

— Sério, amor, seria como colocar um aspirador no meu pau, certo?

— Estou começando a pensar que você realmente teve essa conversa com Sawyer. Isso é algo que ele diria.

— Foi, e pela primeira vez, eu concordei com ele. Então estamos de acordo, nada que tremula para você e nada de aspiradores para mim.

Seco as lágrimas e assinto, mas simplesmente não consigo resistir à ideia que surge enquanto dirigimos. Esperando até estacionarmos na garagem dele, decido me divertir um pouco.

— É, nada que tremula para mim hoje à noite. — Finjo um bocejo descontraído, saindo do carro e andando até a porta. — Mas eu experimentei, sim, um cinto de castidade, e nós não conseguimos encontrar a chave. Estou trancada; não sabemos quanto tempo vai levar para a Kiki achar.

— Laney? — ele pergunta, preocupado, tentando me alcançar já que eu simplesmente caminhei até a porta, com displicência. — Amor? Amor, você está brincando, não é? Aquelas coisas não existem de verdade, existem, Laney?

— Não se preocupe, querido, eu trouxe um amiguinho para você! — digo, por cima do ombro, seguindo para o banheiro.

Sawyer contou para ele uma ova... isso vai ensiná-lo a trazer à tona seu passado para mim.

CAPÍTULO 8

Dane

Vendas de garagem... por onde começar. Laney tem exatamente 210 dólares com ela, e com essa pequena quantia, ela planeja decorar seu duplex com móveis decentes. Acho que é conversa fiada, de jeito nenhum ela vai fazer isso; ela disse: *Me observe*. Uma coisa com a qual nós dois concordamos, graças a Deus, é nada de colchões usados. Isso é nojento demais.

No primeiro bazar, desço de sua caminhonete e ando timidamente pelo caminho. Sentindo-me um virgem de vendas de garagem, estou apenas seguindo-a. Fico atrás dela e tento não interferir ou rir enquanto ela discute com um velho por causa de uma mesa de cozinha e as cadeiras. É como assistir a um leilão profissional, os dois falando tão rápido que tudo o que você escuta é "haynanamanababa".

Com certeza não ouvi a hora em que eles chegaram em um acordo, mas eles apertam as mãos e Laney arranca a etiqueta do preço de 60 dólares e a entrega para ele, junto com mais 25 dólares em dinheiro, sorrindo de orelha a orelha.

— Segure aquele lado — ela diz para mim enquanto levanta do outro, e logo, as quatro cadeiras também são carregadas e seguimos nosso caminho.

Eu apenas a encaro com admiração, minha garota atrevida dirigindo sua picape, parecendo indiferente com sua própria habilidade afiada de negociação. Acho que é excitante pra cacete e não consigo decidir o que mais quero fazer – exigir que ela pare o carro e atacá-la, ou lhe oferecer um emprego.

— Você o fez diminuir 35 dólares, amor. Isso é até mais do que você pagou.

— Sim? — Ela me encara com um sorrisinho, e depois volta o olhar para a rua. — E daí?

— E daí que você é uma bela pechincheira, Srta. Walker. Onde você aprendeu a fazer isso?

— Crescendo com meu pai e todos os amigos dele, você sabe. Com a noite do pôquer e do violão, você aprende dois tipos de conversa: fiada e rápida.

Balanço a cabeça e sorrio. Minha garota é mesmo demais.

No próximo bazar que passamos, de acordo com Laney, nem vale a pena parar, então olhamos do carro mesmo.

— Como exatamente um único olhar determina o valor de uma venda? — pergunto, tentando não rir.

— Itens com grandes etiquetas. Aquilo era só um monte de caixas para revirar. — Itens com grandes etiquetas? Ai, santo Deus, ela está falando sério.

— E quanto a esse? — Aponto para um quintal cheio de coisas à direita. — Vejo uma bicicleta. E um abajur.

— E mesas de centro! Bem observado, amor! — Ela estaciona *em cima* da calçada e salta da caminhonete, indo direto para as mesinhas de centro.

De novo, eu estava sendo irônico, enquanto ela acha que encontramos uma mina de ouro. Porém vou tentar levar na esportiva. Ela realmente parece gostar disso, então adoto uma nova atitude e começo a olhar alguns itens jogados em uma mesa. Figurinhas de beisebol mais recentes, tralha. Filmes antigos em VHS, porcaria. Aquário, não, obrigado. Livros, nunca... espere um minuto! Por algum motivo, da pilha inteira, meus olhos se concentram no título *O Ursinho Pooh*. Lá está, um livro velho e empoeirado com uma capa verde horrorosa, e conheço a pessoa certa que vai amá-lo. Eu o pego e abro. Não é a primeira edição nem nada assim, mas é antigo, com aquele cheiro distinto de literatura envelhecida. Viro do outro lado, procurando uma etiqueta, mas não tem nenhuma, então sigo até a mulher que vi recebendo dinheiro de outras pessoas.

— Quanto custa esse livro? — pergunto a ela.

— Cinquenta centavos.

Pego minha carteira no bolso e lhe entrego cinco dólares, procurando Laney ao redor. Ela está em um debate acalorado com mais outro senhor, dessa vez por causa das mesas de centro.

— Você tem uma sacola? Eu meio que quero esconder.

— Claro — a senhora sorri para mim e me entrega o troco, e depois pega uma sacola azul de plástico —, aqui está.

— Obrigado — murmuro e escondo o livro na sacola enquanto caminho até Laney.

— Isso é uma roubalheira! Se você quer esses preços, abra uma loja! — ela grita com ele, uma mão apoiada no quadril.

— Aquelas são pernas Rainha Anne nessas mesas, jovem — o homem argumenta, então vira a cabeça e cospe.

— Pronto, amor? — Estendo a mão e toco em seu braço, tentando impedi-la de atacar verbalmente o senhor simpático ainda mais.

Ela se vira e percebe a sacola na minha mão.

— Você comprou alguma coisa? — Sua voz fica estridente em animação. — Viu, divertido, né?

— É. — Dou uma risadinha.

— Viu? — Ela se vira para o coitado do homem: — Já compramos uma coisa, então isso faz de nós clientes pagantes. Já que você deixou meu namorado enfadonho aqui feliz, pago vinte dólares pelas duas. Última oferta.

— Fechado. — Os ombros do homem relaxam e ele passa a mão pela testa, pegando depressa o dinheiro da mão da Laney, afastando-se em seguida. — Boa sorte, filho — ele diz para mim.

— O que você comprou, amor? — ela pergunta, sem se incomodar com o barraco.

Dou um leve beijo em seus lábios porque ela é simplesmente fofa pra caralho para não dar.

— É uma surpresa. O que *você* comprou, durona?

— Essas duas mesas! Você pega uma, eu pego a outra. E cuidado com as pernas, elas são antigas.

— Laney — finjo repulsa, colocando uma mão no meu peito —, você acabou de enganar aquele adorável e querido vovô por causa das antiguidades dele?

— Escuta, se você coloca suas coisas à venda, está pedindo por negociações. Eu simplesmente aceitei seu convite e negociei.

— Alguém já te disse que você é meio assustadora?

— Você não tem medo de mim. — Ela levanta uma das mesas e começa a voltar para a caminhonete, virando-se para me encarar com um sorriso brilhante. — Isso é tudo o que importa.

Sou muitas coisas quando se trata da Laney, na maioria das vezes, fascinado (ainda mais a cada dia), mas, com certeza, não sou assustado.

Quando a traseira de sua caminhonete já não aguenta mais nada, encerramos por hoje. Tudo o que comprei foi o livro, que adquiri para levar comigo, e um vaso quebrado de 3 dólares, que tive que pagar e varrer. Uma velha vadia e rabugenta pensou que eu estava interessado em um quadro que ela queria e se atirou contra mim. Juro que o antebraço dela derrubou o vaso, mas eu pagaria 3 dólares repetidas vezes para dar o fora de lá. Agora, *ela* era assustadora.

E Laney... Srta. Tralha comprou um jogo de jantar, duas mesas de centro, uma cômoda para seu quarto, uma caixa enorme de louças, uma televisão, e várias bugigangas (outra coisa que Laney me ensinou hoje) por 87 dólares! Sim, isso é abaixo de 100 dólares! Abaixo até de 90. E todas são coisas boas.

Estou totalmente maravilhado com ela agora. Com certeza sou capaz de apreciar o valor em pagar menos por algo, e na verdade, foi bem divertido. Pareceu meio que uma caça ao tesouro, sem nunca saber o que encontraríamos em seguida.

Quando todas as suas novas aquisições foram limpas e postas em sua casa, ainda assim, parece que o lugar foi assaltado. Ainda tem muitos itens na lista dela e ainda sobrou dinheiro em seu bolso, então temos que ir atrás das coisas que não conseguimos encontrar nos gramados das pessoas.

— Um trato é um trato, amor — declaro. — Posso comprar o restante agora, certo?

— Bem, eu tive uma ideia, tipo um trato novo, aprimorado. — Ela sorri, batendo os cílios e se esfregando contra mim. — Que tal você comprar algumas coisas para mim e eu pagar com o trabalho na academia? Ao invés de me pagar, Tate pode passar para você o que eu ganhar.

Eu adoro o fato de que ela me ama por *qualquer outra coisa* que não seja meu dinheiro, mas já chega. Estou cansado de ela discutir comigo o tempo todo só porque quero ajudá-la a mobiliar sua casa. Eu finalmente tenho um tempo para passar ao seu lado e com certeza não vou dividi-lo com a academia. Os cem dólares que ela receberia não valem a pena em relação às diversas horas que ela estaria longe para ganhá-lo.

— Que tal nós comprarmos logo uma maldita cama para você e nos preocuparmos com isso depois? — sugiro. — Se você quiser dar uma olhada, vá em frente, e nós vamos achar uma solução.

— Promete que vai me deixar te pagar de volta?

— De alguma forma, sim, eu prometo.

Infinitas possibilidades.

CAPÍTULO 9

Laney

Dia do Julgamento. Que o melhor decorador vença! Nossos juízes são Tate, Bennett e o indescritível Sawyer Landon Beckett, a quem finalmente conseguimos fazer mostrar a cara. Ele não está falando muito, e nós não estamos perguntando, contornando seu humor sombrio até que ele esteja pronto para compartilhar. Zach, Evan e Whitley ainda estão na fazenda do Parker, e Dane boicotou meu plano de voto à distância. Algo sobre não apreciar a atmosfera do quarto dele a não ser que você esteja *dentro*.

Chamei ele de Nancy outra vez, porque *atmosfera*, sério? Ah, e porque ele me ataca e me mostra que não é Nancy coisa nenhuma quando zombo. Todos saem ganhando.

Então, deixamos que entrem no quarto que fiz primeiro, que eles conhecem apenas como Quarto Um. (Tirando a Bennett, mas esse é nosso segredinho.) As paredes são de um tom roxo clarinho, ou *Champagne Elegance*, e todo o acabamento agora é branco brilhante. A única janela tem cortinas onduladas e verdes, que vão até o chão, e combinam com as folhas estampadas na colcha. A cama em si é uma maravilha; *queen-size*, em mogno, com quatro postes altos e diferentes tons de roxo, verde e bege nos travesseiros. De longe, é a minha parte favorita do quarto.

O armário é da mesma madeira da cama, um jogo, e a cômoda que consegui por uma pechincha quase combina. Em cima de ambos, há conjuntos de velas e vários porta-retratos com molduras de madeira com fotos de Dane comigo, assim como da Galera. Dois tapetes verde-acinzentados revestem o piso e cada parede tem fotos de artes abstratas, uma das quais surrupiei do corredor na casa do meu pai e não temo nem um pouco que um dia ele vá notar ou se importar.

Eu não poderia amar mais o cômodo nem se tentasse. É sereno e apenas feminino o bastante, e mais, no instante em que entro, sinto-me mais leve, de alguma forma. Essa é a primeira vez que Dane o vê, claro, e ele me encara pelo canto do olho e dá uma piscadinha.

Ele gostou.

E por mais louco que possa parecer, isso me faz sentir que já ganhei.

Quando o trio de juízes já viu o bastante, seguimos para o Quarto Dois. Tento não ofegar alto, sem querer revelar minha reação, como Dane obviamente fez – se eu também não tivesse visto –, mas é difícil, porque fui mesmo pega de surpresa. Eu não deveria ter esperado nada menos do que essa beleza de bom gosto do meu homem, e ele entregou dez vezes mais.

Ele escolheu um azul-claro para as paredes, e um branco fresco e nítido para o acabamento também, realmente fazendo a cor azul se destacar. A cama que escolhemos para esse quarto, presumindo que será do Sawyer, é uma California *king* de dossel em madeira clara. O armário e a cômoda combinam e há um grande tapete marrom-claro no chão.

Eu já teria dito que o quarto tem um quê leve, arejado e praiano, mas o toque final realmente passa aquela mensagem de lar. Tira o meu fôlego, e isso sem dúvida o fará ganhar a competição – uma estante de livros disposta contra a parede ao lado da porta do *closet*. Não sei quando ou como, mas sei que ele não iria trapacear, o que significa que Dane fez com suas próprias mãos. A estante é feita de madeira clara e é magnífica, com o formato de uma canoa com quatro pequenas prateleiras.

Por um instante, eu me permito imaginá-lo, sem camisa e suado, passando os dedos ágeis pela madeira, esculpindo capa pedaço primorosamente, dominando aquilo da mesma forma que seus dedos dominam tudo o que tocam. Dessa vez, sou eu quem dá uma espiadinha, e Dane já está me encarando de volta, procurando aprovação em meu olhar.

Ele nunca deixa de me surpreender; brilhante, gentil, engraçado, um músico… e agora ele é um maldito Geppetto! Eu nunca teria advinhado que ele é um carpinteiro, quanto mais um talentoso.

— Muito bom. — Movo só a boca, apontando para a prateleira.

Ele levanta a sobrancelha, curioso.

— Gostou? — murmura, sem som.

Assinto lentamente, pensando no quão gostoso esse homem é, tão cheio de talentos escondidos.

— Posso ter uma?

— É claro, amor. — Nossa conversa silenciosa continua com outra de suas piscadinhas que fazem meus joelhos cederem.

— Nós decidimos! — Bennett interfere no "nosso mundinho", e nós dois a encaramos. — O voto foi de dois a um, e o vencedor é... — ela nos faz esperar pelo que parece um minuto inteiro —, esse aqui, o quarto dois. — Dane mereceu a vitória, sem dúvida. Eu não poderia estar mais orgulhosa.

— Parabéns — digo a ele, dando-lhe um abraço apertado. — É lindo.

— Seu quarto é fantástico, amor — ele se inclina e sussurra no meu ouvido: —, mal posso esperar para estreá-lo com você.

— Por favor, me diga que você não construiu aquela estante com a serra do meu pai — murmuro contra o peito dele, brincando só um pouco.

— Não construí — ele me garante, dando uma risada —, comprei a minha própria. Por que você não vai lá e vê o livro que tem?

É mesmo, eu vi apenas um livro na prateleira. Pensei que fosse só um adereço para a exibição aos juízes. Ando até lá e pego o exemplar, quatro pares de olhos focados em mim. Se eu escrevesse um livro, descreveria Dane exatamente como ele é: inacreditável. Não teria que exagerar ou embelezar – ele é mesmo bom assim por conta própria.

É uma cópia antiga de *O Ursinho Pooh*. Viro-me para trás, olhos marejados, agarrando o livro contra o peito. Eu adorei.

— Isso é meu, né?

Todos eles riem ao mesmo tempo, mas Dane dá um passo à frente.

— É, amor, é seu. Minha primeira compra de venda de garagem da vida. Outra primeira vez que é só nossa.

Assinto, entendendo a profundidade de sua frase. Às vezes, desejo que eu fosse todas as primeiras vezes que ele é para mim, uma em particular, mas ainda existem tantas outras que ele escolhe me entregar. As que são realmente especiais, que vão além da experiência física e rastejam para a sua alma e permanecem lá, são apenas para nós. Perfeição.

— Vou guardar para sempre — sussurro, voltando para seus braços, absorvendo seu cheiro. Queria engarrafá-lo e borrifar em mim esporadicamente durante o dia.

— Okay — Sawyer interrompe, acabando com o clima. — Por mais verdadeiro que isso tenha sido, eu preciso ir embora. Acabamos por aqui?

— Onde é que você precisa tanto estar? Iria te matar passar um tempo com seus amigos? — A voz do Tate soa ameaçadora, o que é completamente diferente dele, mas sinceramente, todos nós estivemos preocupados com Sawyer. — Você é como um fantasma ultimamente.

— Tenho merdas para fazer. Não fico te vigiando, fico? — Viu? Essa é a parte estranha. Sawyer nunca é detestável, ele simplesmente não está sendo ele mesmo esses dias.

— Saw — ando até ele e coloco uma mão em seu braço —, nós sentimos sua falta. Só isso. Você ainda vai se mudar para cá, certo? Esse pode ser o seu quarto. Compramos uma cama *king* para você.

— Ah, Gidge. — Seu olhar sério se dissolve e eu ganho um pequeno sorriso. — Você é a melhor. Onde ele te encontrou? — diz contra meu cabelo de forma que só eu escute enquanto beija o topo da minha cabeça. — Já terei me mudado para cá quando as aulas começarem de novo, okay?

— Okay — murmuro, desejando desesperadamente que ele fale comigo. Amo demais o Sawyer, e eu moveria montanhas ou morreria tentando para garantir que ele fosse feliz; nós todos o faríamos. Só queria que ele nos contasse o que está acontecendo. — Você vai para o casamento do Parker com a gente?

— Eu não perderia. — Ele olha para Dane. — Vou de carona com vocês?

— Claro, cara — Dane afirma, balançando a cabeça. — E eu trabalhei pra caramba nesse quarto para você. Mude-se para cá.

Não faço ideia de quando Tate e Bennett saíram, mas agora somos só nós três, e posso dizer pela tensão no ar antes mesmo de ver a linguagem corporal deles – Dane vai partir para o ataque e as defesas do Sawyer estão subindo.

— Você sabe que pode vir até mim por qualquer coisa. Se estiver precisando de algo, eu preciso saber. — Dane cruza os braços e alarga a postura. *Ah, é, como se isso fosse funcionar. Ele também pode fazer isso, querido... você viu o Sawyer?*

— Agradeço, irmão, de verdade, mas não há nada que você *precisa* resolver. Não preciso de uma mãe.

— É, e que tal ter um amigo? Onde você tem ficado? — As veias no pescoço e na testa do Dane estão todas à mostra agora.

— No CJ — Sawyer responde, a voz se tornando alterada.

Uau, ficou muito desconfortável aqui e muito rápido, e não faço ideia do motivo. Não é como se ele tivesse marcas de agulhas pelos braços ou algo assim, então não é necessário *esse* tipo de intervenção. Acho que talvez todos nós só precisemos nos acalmar.

— Dane — tento intermediar. — Saw…

— Amor — Dane fala comigo agora, mantendo seu temperamento sob controle, mas por pouco. A tempestade em seus olhos e a rigidez em sua mandíbula são assustadoras, para ser sincera. — Você pode ir encontrar a Bennett e ver se eles querem ir jantar com a gente?

Estou sendo dispensada, mas não ligo. Não precisa ser um gênio para saber que quero dar o fora desse quarto.

— C-claro — hesito, lançando um olhar interrogativo para Sawyer.

Ele ri.

— Nós estamos bem, Gidge. Vou me mudar em breve, tá?

Assinto e saio depressa do quarto até a porta da Bennett, batendo fervorosamente.

— Entre — ela diz, alegre, mas nota rapidamente minha expressão. — O que foi?

— Cadê o Tate?

— Tate! — ela grita, segurando meus ombros. — Laney, o que aconteceu?

— Não sei, mas Dane queria que eu saísse. — Olho para Tate quanto ele aparece. — Ah, Tate, ei, você pode ir ali do lado? Dane e Sawyer estão... eu não sei... algo sobre CJ e Dane me disse para...

— Merda — ele murmura. — É, eu entendi.

— O que é CJ? O que está acontecendo? — Bennett pergunta depois que Tate sai correndo.

— Não faço ideia, mas Dane não está feliz com isso e Sawyer está irritado por ser desafiado e eles não me queriam lá. Não quero eles brigando nem nada assim. — Mordisco as unhas, preocupada.

Provavelmente estou exagerando. Dane e Sawyer nunca iriam brigar mesmo, mas cacete, me senti como uma espectadora de algo terrível, vendo os dois jogando testosterona e olhares maléficos como leões circundando a única fêmea que sobrou em toda a maldita selva.

— Pare! — Bennett puxa minha mão da boca. — Vai ficar tudo bem. Tate vai acalmá-los.

Ela tem razão. Tate é o conselheiro e ele vai mediar a situação, e todo mundo vai se acalmar e continuar suas vidas, mas tem uma história aí. E nós temos essa regra não dita entre a Galera que não falamos da vida privada uns dos outros, então vou ter que arrancar do Sawyer.

Enroscar

CAPÍTULO 10

Laney

Estou vestida e pronta, apenas esperando Dane e Sawyer aparecerem para podermos ir ao casamento do Parker. Ainda não consigo acreditar que ele está se *casando*. E vai ter um bebê. E não está mais na faculdade, e sim administrando a fazenda.

A vida com certeza tem um jeito engraçado de dizer "Foda-se" para os planos das pessoas e decidir as coisas por elas.

É isso o que está acontecendo? A vida do Parker está sendo decidida por ele? Conheço Parker e ele sempre fará a coisa certa, abrindo mão de seja lá o que ele *quer* pelo que outra pessoa *precisa*. Espero mesmo que esse não seja o caso aqui.

Independente do que penso (e nem tenho tanta certeza da minha opinião assim), é tarde demais para conversar sobre isso com ele agora. Não posso puxá-lo de lado em seu próprio casamento e interrogá-lo. Além disso, Evan esteve por aqui, ele saberia se as coisas não estivessem nos eixos. Se Evan me disse que isso é o que Parker quer, vou acreditar nele.

— Ora, você não parece com um sonho erótico? — A voz do Sawyer me sobressalta e ergo o rosto para vê-lo me encarando com um sorrisinho lascivo.

— Nojento, mas obrigada. — Sorrio e o abraço. — E você está muito bonito também. — Ajusto o colarinho de sua camisa de botões azul-clara, que está enfiada para dentro de sua calça social bege. — Você se arrumou bem, garotão.

— Eu sei. — Ele dá de ombros e remexe as sobrancelhas. — Mas você, Gidge... não imaginei que você sequer tivesse um vestido tão bonito.

— Não tenho — admito, rodopiando no meu vestido amarelo tomara-que-caia e minhas sandálias de salto bege —, peguei emprestado com a Bennett. — A roupa é bem casual. Quero dizer, é um casamento em uma fazenda na Geórgia, mas ainda é mais feminino do que eu normalmente uso. — É confortável, logo, eu gostei.

— Eu também, muito.

Meu corpo inteiro responde à voz dele, uma onda de calor formigando desde meus dedos dos pés até as bochechas. Viro-me e analiso meu homem, parecendo um modelo sexy da revista GQ.

Ele está usando uma calça escura, um cinto preto com a fivela prateada, uma camisa cor de carvão e gravata cinza; engulo a língua um pouquinho enquanto o examino descaradamente de cima a baixo. Seu cabelo castanho-escuro está espetado só um pouco na frente, seus correspondentes olhos castanhos encantando-me com seu brilho.

Não consigo evitar me jogar nele.

— Você está maravilhoso, Sr. Kendrick. Tipo, gostoso demais para ter permissão de sair em público, sério.

— E você — ele traça meu pescoço com o dedo, depois passa pela minha clavícula que fica exposta nesse vestido —, apagando o brilho da noiva. Não é muito legal da sua parte, garota maravilhosamente sexy.

— Minha nossa, seus idiotas tarados, vamos. — Sawyer abre a porta da frente com um estrondo. — Não temos tempo para isso. Você quebra a regra de ouro, Gidge, e nós poderíamos ficar aqui o dia inteiro, ou ser atormentados por gafanhotos por perturbar o grande desígnio. Então, vamos.

Oh, eu *tenho* que perguntar.

— Que regra de ouro? — Instintivamente, a mão do Dane fica tensa na minha. Ele deve saber que a bomba S está vindo, a qual tenho certeza de que é uma verdadeira confusão.

Ele sorri, contente por eu ter perguntado.

— Se você o levantar, precisa pegar.

Pegar o q... Ohhhh, entendi. Balanço a cabeça para ele.

— Minha nossa, Sawyer!

É bom ver que o velho Sawyer está tentando voltar, pelo menos.

A viagem até o Parker não é tensa como eu tinha me preocupado; Dane e Sawyer parecem ter resolvido sua discussão misteriosa. Nós rimos e ouvimos música como se nada tivesse acontecido e estou mais do que um pouco aliviada.

Quando chego lá, não consigo acreditar na transformação. Whitley fez um trabalho incrível – o casamento está lindo. Rosa e branco espalhados por aqui, e você não consegue ver os ventiladores que ela escondeu em algum lugar, ventando forte o bastante para sentir uma brisa, embora nada esteja voando das mesas. *Você me pegou nessa, Batman.* Mas sério, você nunca saberia que está em um celeiro ou em um calor escaldante.

Na cerimônia, sento-me na fileira da frente ao lado de Angie e deixo escapar algumas lágrimas silenciosas quando vejo quem está sentado à sua esquerda. É uma cadeira vazia com o chapéu de caubói do Dale e uma única rosa branca.

Ele está lá, em destaque, abençoando seu filho.

Zach está sentado do outro lado de Dane, parecendo elegante em suas melhores roupas, e eu o abracei forte assim que o vi. Curiosamente, foi Zach quem me tranquilizou que esse casamento é uma coisa maravilhosa e que Parker está mais do que feliz com suas decisões. Evan se meteu na conversa e disse para eu não me preocupar, que Parker está "nas nuvens" com o rumo que sua vida levou.

Falando no Evan, ele está na frente como padrinho do Parker e está lindo como sempre em suas botas de caubói, calça preta e camisa branca, um botão de rosa fixado em seu peito. Ele dá uma piscadinha por baixo de seu chapéu preto quando aceno para ele e afaga o ombro do Parker com um sorriso quando a música começa.

Whitley atravessa o altar primeiro, a madrinha, e está absolutamente linda. Não consigo resistir e olho de volta para Evan, e sorrio da parte mais profunda do meu ser com o que encontro. Seus olhos estão fixos nela, e ele move os lábios dizendo "eu te amo". Ele ama mesmo; consigo ver daqui – Evan está sinceramente apaixonado. E com os grandes olhos azuis da Whitley concentrados nele também, vejo que ele é amado de igual forma.

Seguro a mão de Dane, eu mesma completamente apaixonada também. No fim dos votos, Parker *uiva...* sim, uiva e joga para cima seu chapéu de caubói, abaixando sua noiva muito grávida para um beijo nada casamenteiro. Todo mundo dá uma risadinha e aplaude – típico do Parker.

P.S.: O *quão* grávida Hayden está? A garota está *enorme*. Eu nunca vou engravidar. Sofro só de olhar para ela.

A recepção é, você adivinhou, em outro celeiro! Também está lindo, todas as mesas decoradas de rosa, um DJ e uma pista de dança dispostos pelo lugar, ponche e bolo e euforia no ar. Dane e eu seguimos para a mesa do meu pai, onde ele está sentado com seu par, Rosemary, e os pais do Evan.

— Laney! — A Sra. Allen salta de sua cadeira e me envolve no tipo de abraço que só ela consegue dar. — É tão bom te ver, garota! — Ela vê o Dane e o puxa para um abraço também. — E você deve ser o Dane.

Eu não conseguia mesmo me lembrar se os apresentei no funeral ou não; acho que tenho minha resposta.

— Sim, senhora — ele diz.

Nunca o ouvi dizer 'senhora' antes. Acho que a fazenda traz mesmo à tona os modos sulistas das pessoas.

— Dane, essa é Charlotte Allen, a mãe do Evan. E esse — ando até seu pai e me inclino, abraçando seus ombros — é o pai dele. — Dou um beijinho na bochecha do Sr. Allen. — Oi, tio.

O Sr. Allen põe a mão para trás e acaricia minha cabeça em seu ombro antes de se levantar e apertar a mão do Dane.

— É um prazer te conhecer, filho. Ouvi muitas coisas boas sobre você do Jeff. Disse que você é muito bom para nossa Laney.

— Sim, senhor, eu tento — Dane responde, depois se vira para cumprimentar meu pai, que também está de pé, estendendo a mão. — Como o senhor está, Sr. Walker?

— Jeff, garoto, quantas vezes tenho que dizer?

— Papai — coloco os braços ao redor de seu corpo, percebendo que ele está um pouco mais cheinho —, pare de provocá-lo. Oi, Rosemary. — Inclino a cabeça em volta dele e sorrio para ela. Estou radiante que meu pai finalmente voltou a namorar. Ele é um partidão, se me permite dizer, e Rosemary é uma mulher gentil, uma viúva cujo único filho é cerca de cinco anos mais velho que eu e está fora de casa.

— Aí está ele! — meu pai grita, e não preciso me virar para saber que ele se refere ao Evan. Meu pai tem dito a mesma coisa quando ele chega há mais de dez anos.

— Sr. Walker — Evan o cumprimenta.

— Jesus Cristo, vou ter que começar a usar um crachá com vocês, garotos. Meu nome é Jeff — meu pai insiste.

Agora eu me viro, para cumprimentar Evan, e sou golpeada na mesma hora com um abraço exagerado de Whitley.

69

— Laney! Eu amei seu vestido!

Não consigo evitar um sorriso. Ela *realmente* é simpática assim, não é fingimento. Que vaca eu fui por julgá-la, não gostar dela, por... bem, nada, na verdade. E aqui estamos nós agora – amigas.

— Oi, garota! Você arrasou nesse casamento. Está lindo demais.

— Obrigada! Foi tão divertido. Hayden me deixou fazer o que eu quisesse. — Ela dá uma risadinha. — Ela está cansada demais para se importar.

— Aposto que sim. — Inclino-me para sussurrar: — Sou só eu ou ela está grávida de, tipo, duzentas semanas?

Whitley não consegue segurar e cai na gargalhada, puxando o braço de Evan.

— Evan, vem cá. Okay, Laney, diga a ele o que você acabou de falar.

— Hmm, só perguntei o quão grávida Hayden está — murmuro, constrangida. — Ela parece bem grande.

— Foi o que eu disse! — Evan me oferece um soquinho. — Não se preocupe, não estamos loucos. Ela tem três pãezinhos lá dentro.

Três?

— Que Deus o ajude — Dane murmura atrás de mim agora, apoiando a mão nas minhas costas.

— Não é? — Evan ri. — E aí, cara, como está? — Ele aperta a mão de Dane.

— Certo, senhoras e senhores!

Nós todos viramos, receosos… Sawyer está com o microfone.

Zach aparece e verbaliza todos os nossos pensamentos:

— Quem diabos deu o microfone para o Beckett? Têm vovós e crianças aqui.

— Por favor, recebam, pela primeira vez, Sr. e Sra. Parker Jones.

Ora, isso foi bom. Suspiro, aliviada.

Parker e Hayden entram, de mãos dadas, sorrisos estampados em seus rostos. Ficamos todos de pé em nosso grupinho e observamos enquanto a multidão os envolve, esperando nossa vez.

— Onde está a família da Hayden? — Penso em voz alta.

— Só a mãe — Evan responde —, a que está de vestido roxo à direita dela.

— O que Ang achou dos trigêmeos? — sussurro.

— Ah, ela está entusiasmada! Eu também! — Whitley dá um gritinho.
— Quão divertido isso vai ser?

Hmm, não muito, penso comigo mesma.

Evan olha para ela com adoração, passando um braço ao redor de sua cintura. Hmm... talvez eles estejam ainda mais felizes do que pensei? Nunca vi aquele *exato* sorriso no Evan, claramente merecido somente pela nova e brilhante Whitley do campo.

Parker me ligou um tempo atrás para explicar que ele estava dando a Evan parte desse terreno, para garantir que eu entendesse o porquê ele estava fazendo isso. É claro que entendi; minha vida é diferente agora. Esse lugar sempre será meu lar, mas não me vejo voltando e sendo uma fazendeira ou a esposa de um fazendeiro. Evan, porém? Combina perfeitamente com ele, e Whitley parece estar bastante a favor. Talvez eu até diga... em seu ambiente? O sorriso dela parece mais radiante, um brilho extra em seu olhar, não tão tenso e inseguro.

Ainda acho que Parker se casou um pouco cedo, mas nunca me preocupo com a cabeça do Evan. Por outro lado, eu iria morar na lua se fosse o necessário para ficar perto de Dane. Eu não iria, porém, começar a ter bebês lunares ou largar a faculdade e o softbol, e Dane nunca me pediria isso.

— Temos uma surpresa para todos vocês agora. — Ai, Deus, Sawyer está falando de novo. — Whitley, sobe aqui e faça a sua coisa, garota.

Todos nós olhamos para Whitley, que fica na ponta dos pés para beijar Evan rapidinho.

— Te vejo daqui a pouco.

Enquanto ela anda até Sawyer, Evan coloca os dedos na boca e assovia em aprovação. E então as Cotovias começam a subir no palco também – nem sei de onde elas vieram. Ah, uau. Isso vai ser legal. Aperto a mão do Dane em uma expectativa animada e ele olha para baixo, me dando uma piscadinha.

— Muito obrigada a todos por terem vindo, e parabéns de novo ao Parker e Hayden. Somos as Deslumbrantes Cotovias — Whitley gesticula para apresentar as meninas —, e nós vamos começar com a escolha da noiva para sua primeira dança. Essa é *'When You Say Nothing At All.'*

— Ótima música — Dane e eu murmuramos juntos.

Tadinha da Hayden, ela quase parece não estar se movendo, só balançando como um daqueles bonequinhos com o fundo oval e que vinham em seus onibuzinhos escolares.

Enfim... ela está redonda. Mas já determinamos isso.

Dane envolve seus braços com firmeza ao meu redor, por trás, e sussurra no meu ouvido:

— Eu te amo.

71

Coloco um braço para trás e acaricio sua bochecha.

— Eu também te amo, Dane. — Escuto a música, imersa nas vozes em harmonia perfeita das Cotovias, e observo Parker encarando sua esposa, completamente apaixonado. — Você acha que eles são loucos? Jovens demais?

— Você acha?

— Talvez, eu não. Só parece meio louco de pensar. Quero dizer, eles têm a nossa idade, *minha* idade.

— Acho que é diferente para todo mundo — ele diz, baixinho. — É mais sobre a pessoa específica do que a idade.

— É, acho que sim.

Todos nós aplaudimos quando a canção termina, a pista agora livre para todos dançarem. As Cotovias fazem umas coisas muito legais com algumas ótimas escolhas de música, e consigo roubar uma dança com meu pai, Parker, Zach, o pai do Evan, e até Evan antes de Dane finalmente se cansar de que "partilhar é cuidar" e reclamar seu direito. Nós dançamos várias músicas lentas e rápidas, algumas cantadas pelas Cotovias, outras tocadas pelo DJ, antes de, por fim, irmos nos despedir dos noivos.

— Parker, nós já vamos. Parabéns. — Fungo um pouquinho enquanto o abraço. — Eu te amo, irmão. Seja feliz.

— Também te amo, Laney. — Ele me aperta de volta. — Obrigado por terem vindo.

— Hayden — abraço-a e então acaricio sua barriga —, você se cuide, mamãe. Descanse um pouco e me liga se precisar de qualquer coisa, tudo bem?

— Não sumam agora. Parker ama te ver, Laney.

Dane parabeniza os dois, e então vamos nos despedir do meu pai, Rosemary e dos pais do Evan antes de irmos procurar Sawyer no meio da multidão. Ele não está em lugar algum e quanto mais tempo tenho que procurar com meus pés doloridos de tanto dançar, mais fico irritada. Até que o vejo. Aí só me sinto triste.

Ele está sentado em cima do barco que está virado de cabeça para baixo no chão, provavelmente para drenar água, encarando a lagoa.

— Você pode ir para o carro? — pergunto a Dane. — Deixe eu falar com ele.

Ele me beija e se afasta, me deixando descobrir o que fazer com Sawyer.

— Oi. — Sento ao seu lado, chocando nossos ombros.

— Oi, vocês estão prontos para ir? — Ele nem se vira, conversando mais com a lagoa do que comigo.

— Quando você estiver; sem pressa. Contanto que eu não tenha que andar mais nisso — ergo a perna e balanço o pé —, estou bem.

— Ei, Gidge?

— Sim?

— Quando você soube que Dane era o certo para você?

— Para ser sincera — dou uma risadinha —, praticamente no instante em que o conheci. Sei que parece idiotice, mas é verdade.

— Não parece nem um pouco idiotice.

— Saw, o que está acontecendo com você? Pode sempre conversar comigo, sabe disso, não é?

— Sei. — Ele suspira e olha para mim, finalmente. — Você é a minha garota favorita no mundo inteiro. Quando eu estiver pronto, é até você que irei.

— Tudo bem então. — Beijo sua bochecha, depois fico de pé, estendendo a mão. — Vamos para casa.

CAPÍTULO 11

Dane

Eu ganhei a aposta e queria tanto entregar a Laney o envelope. Elaborei um plano inteiro na minha mente. O envelope teria um bilhete dizendo a ela para me encontrar em algum lugar, onde eu me ajoelharia e pediria para ela se casar comigo.

Não hoje – não sou um idiota –, mas algum dia. Um noivado longo é mais do que bom para mim, mas ainda assim... eu quero a promessa, as palavras, e a certeza de que ela planeja ser minha para sempre. Mandei fazer o anel para ela meses atrás e estava apenas esperando pela hora certa, mas agora esse navio já zarpou.

Julgando pela forma como ela falou no casamento, sei agora que ela está longe de estar pronta para meu presente, mesmo que eu aponte minhas intenções de um noivado longo. E, sinceramente, se preciso começar com a frase "não se preocupe", então isso me diz bem ali que não é o momento certo.

Então, desapontado para dizer o mínimo, coloquei duas passagens para um resort em uma praia da Flórida no envelope, sem meu coração ali. Claro, terei um final de semana a sós com Laney, em um biquíni, a qualquer momento, mas essa viagem será ofuscada pelos pensamentos do que eu realmente queria dar a ela.

— Onde você está, amor? — Ela coloca a mão sobre a minha, tirando-me de meus pensamentos.

— Lugar nenhum. Aqui — asseguro-lhe. Estamos em um belo restaurante, e suponho que agora seja um bom momento como qualquer outro para o presente dela. Tiro o envelope do bolso interno da jaqueta, recosto-me contra a cadeira, e entrego a ela.

— Ah, o envelope da aposta. — Ela esfrega as mãos e o segura, sorrindo maleficamente. Ela o abre, pegando as passagens e saltando de sua cadeira para meu colo. — Amor, como ter um fim de semana com você em uma praia significa que eu *perdi*? — Ela dá uma risadinha enquanto beija meu rosto.

— Sou eu quem está ganhando. — Seguro suas bochechas com as mãos e encaro seus olhos. Quero dizer a ela o que planejei, que a quero para sempre. Que você nunca é jovem demais quando se sabe, com cada fibra do seu ser, que é o certo. Que o pensamento de ela me dar bebês, metade minha e metade de sua mãe linda, teimosa e carinhosa, me faz querer explodir por dentro. Mas ao invés disso, beijo-a longa e lentamente, e então peço a conta. — Vamos te levar para casa.

— Mmm hmm. — Ela me beija uma última vez antes de voltar para sua cadeira.

Pago a conta depressa e a puxo para o carro. Uma vez do lado de dentro, mergulho de novo em seus lábios, incapaz de esperar mais um segundo para saboreá-la outra vez.

— Eu quero você — gemo, entre mordidas e chupões que dou nela.

— Então apresse-se e nos leve para casa — ela sussurra, beijando meu pescoço de cima a baixo, uma mão no meu cabelo.

Pigarreio e me afasto, recompondo-me e encontrando a força de vontade para ligar o carro.

— Mantenha as mãos do seu lado do carro, senhorita, ou nunca chegaremos.

Já que Sawyer ainda não resolveu seus problemas e se mudou, e estamos mais perto do duplex dela do que da minha casa, vou para lá. Não ligo se Tate e Bennett estão em casa ou não –, por mim, eles podem comprar uns fones de ouvido. Não consigo fazer o percurso todo até a minha casa antes de entrar nela. Se não posso ter o seu "sim", aceitarei o seu "simmmm!"

Ela se remexe no banco, esfregando as coxas uma na outra, obviamente tentando me matar.

— Obrigada pelo jantar, amor — ela diz, baixinho —, e pela viagem. Mas parece injusto, você ganhou a aposta. Eu deveria estar te recompensando.

Troco enlouquecidamente para a quarta marcha. *Vamos lá, Rua Elmhurst Drive.*

— Ah, é? O que você tem em mente? — Olho para ela, umedecendo meus lábios.

— Não tenho certeza, mas você ganhou a aposta, comprou o duplex, a viagem, as camas... Sinto que não estou dando nada. O que posso fazer para ficar quite?

Diga que vai se casar comigo um dia. Use meu anel pelos próximos cinco anos se for preciso, mas use-o, com orgulho, para sempre.

Não, não é a hora, ela vai se assustar.

More comigo? Bem, não, acabei de comprar para ela sua própria casa.

Esse é o problema, eu penso de forma mais "adulta" do que Laney. Não que ela seja imatura, muito pelo contrário, na verdade. Desafio alguém a me mostrar uma mulher da idade dela mais bem-resolvida. Não, eu penso como um homem que já tem um império, que já tem responsabilidades e planos da meia-idade. Mas estou tentando mudar isso, então, preciso pensar como um cara da idade dela, do mesmo modo de vida. Preciso pensar como um universitário, apenas começando a ser um adulto, com apenas algumas facetas do outro Dane.

— Você confia em mim? — pergunto.

— Completamente — ela responde sem hesitar.

— Então me dê essa noite para ser quem eu quiser. Não discuta ou questione. Deixe eu fazer qualquer coisa que quiser com você.

— Ainda estamos em tipo, vinte e quatro tons de cinza, senhor.

Ainda não se sabe se ela ter lido esses livros foi uma coisa boa ou não. Solto uma risada.

— Eu sei, amor, mas quero todos os vinte e quatro. — Não consigo não olhar para ela, desacelerando um pouco enquanto o faço. Seus olhos não estão assustados ou céticos, mas sim derretidos e curiosos. Aquela língua dela está traçando o lábio inferior enquanto suas mãos esfregam suas coxas para cima e para baixo.

Minha garota está excitada pra caralho.

— Tudo bem — ela sussurra.

A CASA DELA PODERIA ESTAR MAIS LONGE?

Quando nós finalmente, e não estou exagerando nem um pouco quando digo que pareceram séculos, entramos, tranco a porta de imediato. Ninguém além de mim e dela tem a chave e não haverá interrupções essa noite. Pego meu celular e coloco a música, apenas caso eles estejam no duplex ao lado, e me viro para ela.

Movo um dedo, chamando-a até mim.

— Venha aqui, amor.

Ela tira os sapatos e arranca o elástico do cabelo, deixando as mechas loiras caírem sobre os ombros. Não tem como ela não saber que é atraente, mas acho que ela não faz ideia do quão sexy e sensual pra caralho ela é; não alguém de aparência jovem, uma tentação completamente crescida.

Eu queria enlouquecer com ela, mas agora *Unforgettable* começa a tocar, então decido não ter pressa, seguindo lento e cheio de significado, como a música. Levanto seus braços e os guio para que enlace meu pescoço, deixando apenas as pontas dos meus dedos tocarem sua pele sedosa enquanto as deslizo por seus braços. Puxo-a pelos quadris até que ela esteja encostada em mim e roçando minha ereção contra sua barriga enquanto nos balanço ao ritmo da música.

— Você não faz ideia de como me fascina, faz? — pergunto em seu ouvido, mordiscando o lóbulo.

— Você faz o mesmo comigo, amor. — Ela repousa a cabeça no meu ombro. — Eu te amo tanto, Dane.

— Não como eu te amo, Laney. É impossível. — Seguro a barra de sua camisa e sussurro: — Levanta. — Tiro-a quando ela ergue os braços. — Ninguém poderia possivelmente se sentir assim. É como uma necessidade devoradora por outra pessoa, apenas para sobreviver. — O próximo é seu sutiã, que cai no chão ao nosso lado. Fico satisfeito, focando na minha sarda favorita no meio do seu esterno, minha estrela polar, depois seguro um seio glorioso na minha mão, provocando o mamilo com um dedo. — De saber que você desistiria de tudo, qualquer outra coisa, por aquela única pessoa. Nada mais existe sem ela. — Abro seu jeans com destreza, abaixando o zíper, e depois me levantando de novo. — Tire — digo a ela, observando com ânsia enquanto faz o que mandei.

Ela não diz nada, esperando em silêncio, seu peito ofegante desmentindo sua fachada calma.

— Vire-se — falo, amando a vista das costas delgadas tanto quanto da frente. Você não pode nem pintar essa merda com precisão. O fio branco de sua calcinha desaparece entre as as nádegas perfeitamente redondas e eu me esfrego agora, esperando minha hora. — Tire essa coisa, amor, devagarinho. Me provoque.

A música agora é *I Could Not Ask for More*, do Edwin McCain, um mestre do momento, e sorrio com a ironia de suas palavras. Minha Laney é gostosa pra caralho, seu lado exterior envolvendo a alma mais carinhosa, divertida e inteligente que você gostaria de conhecer. E quando ela se debruça daquele jeito, passando uma virginal calcinha branca pelas longas pernas, lembrando-me que ela é, na verdade, bem inexperiente, também me lembra que ela é toda minha, para sempre minha. Um grunhido feroz me escapa antes mesmo que eu perceba. Não, eu não poderia pedir por outra maldita coisa.

— Volte para mim agora. — Afasto-me e abro os braços. — Você me quer nu?

Ela assente, mordendo o lábio.

— Sim.

— Me diga.

— Eu quero você nu, amor.

— Então me deixe nu. Tire minha roupa.

Primeiro ela desabotoa minha camisa e arrasta o tecido pelos meus ombros, beijando cada centímetros de pele exposta. Eu a ajudo a soltar os botões dos punhos e largo tudo no chão. Ela endireita a postura e enrola os dedos ao redor do crucifixo que uso no pescoço, então se inclina e deposita beijos por todo o meu tórax, com seus mamilos intumescidos pressionados a mim.

— Continue, amor. As calças agora — grunho, precisando consumi-la por inteiro, e mal conseguindo me conter.

Ela se ajoelha, desafivela meu cinto e abre o zíper da calça, deslizando tudo até o chão. Retiro os sapatos e me livro das meias. Agora estou vestindo apenas a boxer, minha ereção mais do que óbvia através dela.

Ela arrasta um dedo pelo contorno.

— Isso é para mim?

— Pra você — murmuro, antes de descer até ela, espalmando sua bunda com as mãos e forçando-a a abrir a boca com a minha própria, nossas línguas duelando pelo domínio antes de interrompermos o beijo em busca de ar.

Se o desejo tivesse um sabor, seria esse.

— Envolva meus quadris com suas pernas.

Eu me levanto, carregando-a até o outro lado do quarto e a imprenso contra a parede com o meu corpo, livrando-me rapidamente da cueca. Corpo a corpo, pele com pele, tomo o fôlego por um minuto, encarando profundamente seus olhos e me acalmando um pouco. Não posso ser bruto com Laney, por mais loucamente que eu queira. Mas uma coisa eu quero, e tenho andado louco para perguntar a ela.

— Posso ter você sem camisinha, amor? Só você ao meu redor e nada mais?

Ela mordisca o lábio, pensativa. Ela começou a tomar a injeção contraceptiva um tempo atrás, e desde então, tudo o que quero é realmente *senti-la*.

— Eu posso tirar na hora de gozar — praticamente imploro, sem estar seguro do porquê, de repente, estou tão ansioso para arriscar algo assim, mas nesse momento, é como uma necessidade básica em mim.

Ela balança a cabeça e sussurra:

— Tudo bem.

E com um único golpe, eu me afundo dentro dela, imprensando-a contra a parede. Tirando aquela única vez em que esqueci pelos quinze segundos mais gloriosos da minha vida, nunca transei sem preservativo, e a propaganda que vem nas caixas e diz que 'são tão finos que parecem inexistentes', não passa de uma mentira. Não parece *nem um pouco* com a sensação. Eu posso sentir tudo, cada músculo contraído, cada latejar e pulsação de sua apertada, molhada e quente... Porra, estou sem palavras, mal conseguindo pensar. É mais do que consigo aguentar, e preciso saber se ela sente o mesmo.

— Parece diferente pra você, amor?

— Sim — arfa. — É mais macio, mais sensível. E pra você?

— Ah, caralho, você não tem ideia de como é para mim. — Enterro a cabeça entre seus seios, delirando, inspirando e saboreando o doce aroma que nossos suores combinados deixam em sua pele. Eu chupo, mordo, lambo e acaricio incoerentemente enquanto bombeio contra o seu corpo como um homem enlouquecido. — Dá aquela apertadinha, amor. Quero sentir desse jeito... Aaahhh... isso, ah... porra, Laney!

Eu tento ir adiante, Deus sabe que é verdade, mas com medo de me esquecer, puxo para fora, me masturbando com uma mão algumas vezes e gozando em sua barriga, e até mesmo na minha.

Por favor, não olhe para mim desse jeito, meu amor, estou bem ciente de que você não gozou, mas preciso de um pouco de prática nessa coisa de transar com um vulcão excruciantemente apertado e sem nada entre nós. Nós vamos lapidar esse lance de apertar. Ela controla bem demais os músculos para me ordenhar quando estou sem proteção.

— Fique aqui. — Aponto em sua direção e vou ao banheiro, para me limpar antes de voltar até ela com uma toalhinha morna. Limpo sua pele, beijando seu rosto, pescoço e ombros enquanto faço isso. — Amor, você não tem noção da sensação maravilhosa. Eu nunca... e-eu não sabia o que esperar, mas, puta merda, com certeza não esperava *aquilo*.

Ela ri contra o meu pescoço, subindo no meu colo.

— Você tinha que ver a sua cara. Seus olhos quase reviraram pra trás.

— Qual é a infalibilidade dessa injeção que você tomou?

— Quase cem porcento. Não estou preocupada; você tirou bem a tempo.

— Ah, eu sei disso. Estou perguntando, porque precisamos fazer isso de novo. — Eu a deito de costas e a cubro com o meu corpo. — E outra vez. — Beijo sua barriga. — E de novo. — Enfio um dedo dentro dela, curvando a ponta e esfregando contra suas paredes internas.

Ela se contorce abaixo de mim, tentando manobrar seu corpo para ficar na posição em que mais precisa, antes de seus gemidos finalmente se tornarem gritos.

— Aí mesmo, bem aí — guincha, e eu rapidamente enfio outro dedo e adiciono minha boca à equação. — Ah, Dane, não se atreva a parar.

Uso a mão livre para enlaçar seu quadril e mantê-la parada, ou ela vai fugir daqui como uma minhoca agitada por conta do êxtase. Ela gira os quadris o tanto que meu agarre firme permite, agarrando meu cabelo e meu rosto antes de desabar, com um longo gemido ecoando e se sobressaindo à música.

— Já é a segunda vez na sala de visitas — digo, e nós dois começamos a rir. — Nós nem inauguramos a cama ainda.

Fico de pé e me inclino, pegando-a no colo.

— Seu desejo é uma ordem, amor. — Carrego-a até o quarto e a coloco na cama. — Puxe as cobertas — murmuro. Depois disso, ela dá um gritinho quando a jogo no colchão e rastejo para seu lado, cobrindo-nos com as cobertas de novo.

Ficamos deitados de lado, encarando um ao outro; eu apreciando sua beleza, pronto para ir de novo quando ela estiver; ela... ela apenas pensando.

— Nós fazemos sexo demais? — ela pergunta, o que me arranca uma gargalhada.

— O quê?

Falei que ela estava pensando, embora esse provavelmente não teria sido meu palpite sobre o assunto.

— Nós fazemos sexo demais? Nós transamos *muito*. — Ela franze o nariz, enrubescendo em meu tom favorito de rosa.

— Primeiro, não existe essa coisa de sexo demais. Segundo, nós somos jovens e apaixonados; é de se supor que nós vamos transar, tipo, três vezes por dia. Pelo contrário, estamos desleixados, linda. — Coloco uma mecha de cabelo atrás de sua orelha e beijo seu queixo, depois a ponta do nariz, puxando-a para mais perto de mim. — Por que você pergunta?

— Não sei — ela dá de ombros —, só acho que talvez a gente tenha esquecido as outras coisas, às vezes. Antes de nós começarmos a fornicar...

Afundo meu rosto no travesseiro, gargalhando.

— Amor — levanto a cabeça em busca de ar —, *fornicar*? Nós fazemos amor, nós fodemos, mas a gente não fornica.

Ela empurra meu peito.

— Você sabe o que quero dizer. Antes de começarmos a fazer isso, tínhamos conversas muito legais.

Estendo um braço e ela se move para repousar a cabeça ali.

— Nós conversamos o dia inteiro, todos os dias. Do que *você* está falando agora?

Ela não diz nada, entretida com meu colar. Ah, aqui vamos nós. Momento de garotas. Eu entendo, ela precisa da parte psicológica mais do que da física, diferente de mim.

Tudo bem, eu consigo fazer isso.

— Você preferiria... perder sua visão ou audição?

Lá está o sorriso que eu amo, aquele que vem do fundo de seu coração e toma conta do quarto inteiro. Com uma pergunta, voltamos a ser nós. Viu o que eu fiz aí? Duas estrelas douradas em uma conversa e um jogo, e a garota Laney ama seus jogos.

— Audição, com certeza. A gente poderia aprender a linguagem de sinais, mas eu não aguentaria não poder te ver. *Você* preferiria — ela toca no queixo — só cantar as músicas ou só tocá-las?

— Tocá-las. Você poderia cantar. O quê, aonde você vai? — Seguro ela, salvando-a de cair pela lateral da cama, e logo nós dois estamos rolando com ataques de riso. Laney não sabe cantar merda nenhuma. Sério, parece que alguém está torturando gatos que já estão morrendo. É uma pena, porque ela sabe cada palavra das letras e realmente sente a música.

Nós nos deitamos juntos, os membros enroscados, e jogamos mais outras dez partidas, tentando pensar em coisas que já não sabemos sobre o outro – que não é muito, já que nunca conversamos e tal. Mas não estou afirmando isso. Finalmente, na vez da Laney, ela rola para cima de mim e se senta, meus olhos absorvendo seu corpo nu acima. Ela entrecerra os olhos e circula um dos meus mamilos com o dedo.

— Você preferiria ficar por cima ou por baixo?

Respondo girando-a e mostrando a ela agora com meu corpo o que ela acabou de reconfirmar na metade feminina de sua mente.

Eu a amo.

CAPÍTULO 12

Laney

As aulas começam em três dias, então esta noite, a Galera está toda junta e o *The K* está ficando badalado! Evan, Whit e Zach voltaram da fazenda, Sawyer prometeu estar presente e Dane já deixou carros a postos para levar todo mundo para casa em segurança. Nós vamos nos divertir demais – um último agito antes de voltar para a rotina.

Bennett, Whitley e eu estamos nos arrumando na minha casa. Já tomei minha decisão – vou me soltar hoje à noite e planejo me divertir tanto quanto consigo, então, naturalmente, as meninas acham que preciso me vestir tão bem quanto me sinto. Expulsamos os meninos, querendo encontrá-los lá, e colocamos para tocar *Roar* no máximo, repetindo enquanto nos enfeitamos.

Bennett está usando um vestido de festa curto e azul, sua juba ruiva está presa e ela usa saltos prateados que deveriam, de verdade, vir com um manual. Pelo menos, eu precisaria de um manual se tentasse usá-los. Eles não só são altos pra caramba, mas têm um monte de tiras e não tenho certeza de onde as fivelas se prendem.

Whitley está arrasando em uma minissaia preta e um top prateado brilhante com, aguarde... Botas de caubói pretas! Seu cabelo está preso em uma trança francesa e ela faz o estilo perfeito de garota-da-cidade-que-teve-um-gostinho-do-campo.

E eu? Frick e Frack[5] se divertiram até demais me vestindo em jeans

---

5   Frick and Frack era uma dupla suíça cômica de patinação no gelo.

escuros e justos, botas pretas de cano alto e um top vermelho brilhante que é folgado até embaixo e é mantido no lugar por uma alça que cruza as costas abertas. Já as avisei que quando a cabeça do Dane explodir e entrar em órbita, a culpa será delas. Meu cabelo está solto, olhos esfumados e lábios brilhantes. Estou pronta para o agito.

Eu diria que estava pronta para uma festa como se fosse 1999, mas Whitley me fez jurar que nunca diria isso em voz alta de novo.

Dane enviou um carro para nós, e podemos ou não ter feito um pré-jogo de brindes com nossas bebidas no caminho. Quero dizer, se você manda um carro com uma garrafa num balde de gelo ali atrás, é meio que um bilhete que diz "Beba-me".

O *The K* está a todo vapor quando entramos, e até eu sinto borboletas animadas no meu estômago com a atmosfera eletrizante. Dane vai fechar a porta quando der cem pessoas hoje à noite; queremos o clima de clube, mas não superlotação. Ele colocou uns novatos atrás do bar também, para Tate e Sawyer poderem se divertir, então não faz sentido sobrecarregar os novos bartenders.

Work Out, de J Cole, está tocando – minha música –, e com o espumante que tomei no caminho para cá, estou pronta para dançar como se ninguém estivesse olhando. Eu deveria provavelmente encontrar Dane primeiro, mas algo me diz que ele vai me achar, então puxo Whit e Bennett para a pista de dança.

Uma música se funde a outra, nós três balançando as mãos exatamente como se não ligássemos. Estou a favor de tudo esta noite, e estar na pista com todos dançando e se divertindo é ótimo, mas quando um desconhecido agarra meus quadris por trás e me puxa contra um corpo que sei por instinto não ser do Dane, entro em pânico. Viro a cabeça e encontro os olhos embriagados e marejados de um estranho, e meu coração começa a disparar de forma descontrolada.

Olho em volta, mas Bennett e Whitley estão em seu próprio mundinho da dança, sem prestar atenção em mim. Tento me afastar, mas o Mão Boba acha que estou apenas dançando, ou ele não liga, e pressiona contra mim com mais força, apertando seu agarre nos meus quadris. Viro meu corpo inteiro agora, lutando contra suas mãos e batendo no braço dele.

— Me solta! — resmungo com firmeza, sem querer fazer uma cena total. — Eu tenho namorado!

— Hã?

— Solta! — Tento de novo, mas ele só dá um sorrisinho e pressiona o corpo ao meu com mais força. — É sério! — grito, tentando escapar de seu agarre outra vez, lágrimas mais de adrenalina do que de tristeza queimando por trás dos meus olhos.

— Relaxa, garota — ele diz, perto demais do meu rosto, o hálito de cerveja em pleno vigor.

Levanto meu joelho, o instinto agressivo aparecendo quando meu cavaleiro profere:

— Eu a ouvi dizer "solta" alto e claro. Como você não escutou, babaca?

— Dá o fora — McAgarrador se arma, finalmente me soltando.

Viro-me bem a tempo de ver Dane se aproximar e socar facilmente o rosto do cara, ficando em cima dele quando cai. Dane o puxa do chão pelo colarinho, a mandíbula contraída enquanto fala a centímetros do rosto dele:

— Se uma mulher diz "solta", você solta, caralho. Dê o fora do meu bar e não me deixe te ver aqui de novo.

Ele o larga outra vez e estende a mão para mim, nenhuma hesitação em sua cara fechada. Coloco minha mão trêmula na dele e tenho dificuldade em me segurar quando ele me guia pela pista. Viro para checar as meninas, vendo que Tate e Evan agora estão ao lado delas e Zach está acompanhando o dançarino tarado e ensanguentado porta afora.

— Tudo bem, tudo bem — Sawyer diz no microfone. — Desculpe por isso, pessoal! A próxima rodada é por conta da casa! E a loira linda de vermelho... tirem as patas, rapazes. Agora, divirtam-se!

— Pode ir mais devagar? — peço, às costas do Dane enquanto tropeço na escada pela qual ele está literalmente me arrastando. — Dane, pare! Eu vou cair!

Sem aviso, estou voando pelo ar, sendo jogada sobre o ombro de um Dane Kendrick putaço. Agora não consigo ver aonde estamos indo, pendurada de cabeça para baixo e encarando a bunda dele, mas estamos indo para algum lugar a passos longos e rápidos. Ele mexe no bolso traseiro e ouço o estalido de uma fechadura, uma luz se acende, e depois sou colocada de pé.

— Onde estamos? — pergunto, olhando em volta enquanto tento afastar o cabelo do meu rosto.

— Meu escritório — ele grunhe, trancando a porta e ficando de costas para mim, a testa apoiada contra a madeira. Ele está respirando lenta e profundamente; consigo ver cada músculo de suas costas e ombros ondulando sob sua camisa branca.

— Ei. — Encosto em seu ombro, chocada quando ele recua ao meu toque.

— Espere. — Ele levanta um dedo e suspira. — Por favor, só me dê um minuto.

Afasto-me, deixando-o se acalmar e assimilando o ambiente. Não que eu venha muito aqui, mas como nunca vi seu escritório? Analiso de novo, mais de perto dessa vez. É bem "Dane", com móveis grandes e ousados, poucas cores e perfeitamente organizado. Em sua mesa há uma foto minha. Está em preto e branco, um close do perfil do meu rosto. Não me lembro de ele tirá-la, mas lá está – aquilo que ele escolhe ter bem ao seu lado: eu.

Quando viro de novo para ver se ele se acalmou um pouco, ele está me encarando de volta.

— Foi no dia em que nós fomos pescar com seu pai. Você estava perdida em pensamentos. O vento soprou seu cabelo no seu rosto e você nem percebeu. Eu digo a mim mesmo, toda vez que olho para a foto, que você estava pensando em mim.

— Eu provavelmente estava. — Ando em sua direção agora, vendo que voltou a ser ele mesmo. Ele estende a mão para mim, gentilmente dessa vez, e eu a seguro, deixando-o me puxar contra seu peito.

— Você está bem? — Sua voz está tensa, uma mistura entre raiva contida e medo.

Balanço a cabeça, esfregando a mão sobre seu coração, que consigo sentir batendo de forma irregular

— Estou ótima, amor, acabou agora.

— Eu estava te observando dançar, sorrindo, se divertindo. Vi ele se movendo e fui até você o mais rápido que pude. Não rápido o bastante. Você estava com medo? — Ele beija o topo da minha cabeça e me abraça com mais firmeza. — Ele te machucou? — Sua voz falha agora, como se estivesse temendo a resposta.

— Não. Quero dizer, sim, eu estava um pouco assustada, talvez apenas surpresa. E não, ele não me machucou. — Levanto a cabeça de seu peito e seguro seu queixo, forçando-o a olhar para mim. — Ei, eu estou bem. Ele era um pouco pegajoso e direto, mas nada terrível demais. Estou bem, eu juro.

— Eu queria matá-lo. Ainda quero. — Ele contrai a mandíbula e levanto a mão para tocá-la, acariciando com meu polegar.

— Amor, está tudo bem, se acalme. Alguns caras são idiotas e acham que todas as garotas em uma pista de dança estão a fim desse tipo de coisa. Mas ele não me machucou, e não me sinto superviolada ou nada do tipo. Você chegou lá com tempo de sobra. Obrigada. — Fico na ponta dos pés e o beijo suavemente. — Eu te amo e estou mesmo bem. *Você* está bem?

Ele bufa, beijando minha testa.

— Sempre preocupada comigo. — Ele balança a cabeça. — Desculpe por ter me descontrolado, mas ninguém pode te tocar daquele jeito. — Ele me segura com mais força, respirando fundo. — Você pode me encontrar *antes* de ir dançar na próxima vez?

Sei que ele queria demais fazer disso uma ordem ao invés de um pedido. Acredito piamente em reforçar um bom comportamento.

— Com certeza. Boa ideia, amor. Agora — olho para ele e dou um sorriso malicioso, tentando aliviar o clima —, você pode me beijar sem dó e depoir is dançar *comigo*?

Ele grunhe, tomando minha boca em um beijo febril, descontando sua frustração. Suas mãos perambulam com avidez, agarrando minha bunda e puxando-me intensamente contra seu membro enrijecido.

— Nós poderíamos apenas ficar aqui, fazer nossa própria festa — ele sugere, sua voz rouca.

Por mais tentador que isso pareça, todos os nossos amigos estão nos esperando, e ele meio que é o anfitrião. E nós fazemos isso o tempo todo, mas raramente concordo em me embebedar. Dói ter que dizer, mas faço mesmo assim:

— Amor, precisamos ir ficar com nossos amigos. Ficaremos sozinhos mais tarde.

— Você é minha amiga. — Ele morde meu pescoço, provocando cada parte minha de uma só vez. — Só por um tempinho? — ele pede.

— Se tenho que ficar lá cheio de risadinhas e essas merdas, você também tem! — Impecavelmente sincronizado como sempre, Sawyer grita do outro lado da porta enquanto bate. — Pode colocar a calcinha de volta! Você também, Laney, e venham para cá!

— Por que diabos nós somos amigos dele mesmo? — Dane murmura enquanto se ajeita, depois me analisa com um olhar soturno, assegurando-se uma última vez de que estou, de fato, bem.

— Porque ele é maravilhoso e nós o amamos. — Dou um beijo gostoso em sua boca e seguro sua mão. — Agora vamos nos divertir, cacete, ou nada de fazer amor com você mais tarde.

Abrindo a porta, dou um sorriso.

— Oi! — cumprimento Sawyer. — Estávamos indo te encontrar.

— Sei... — Ele dá um sorrisinho. — Agora escutem. Zach não quer fazer uma cena, então fiquem de boa, mas Avery acabou de chegar.

— Ela não pode ficar. Quero que Zach se divirta. — Começo a andar, sentindo os dois logo atrás de mim. Nada de cena, é? Eu poderia mesmo considerar isso, mas parece que esse navio zarpou; primeiro a briga do Dane e agora isso. Quando vejo Avery, ela está puxando a frente da camiseta do Zach, insistindo que ele lhe dê atenção. Zach está tentando afastar as mãos dela e parece muito incomodado. Que comece outra cena.

— Oi, Avery! — Chego até eles sem ser vista. — Posso falar com você um minuto?

— Está tudo bem, Laney — Zach me garante.

— É, Laney, dê o fora — Avery desdenha.

Viu, agora tenho um verdadeiro dilema. Não tive notícias de Avery e não fui nada além de cordial em todos os treinos em que a vi desde que ela traiu meu amigo publicamente... E não fui mal-educada agora, apenas perguntei se poderia falar com ela. Mas agora, ela mudou um pouco as coisas.

— Não vai rolar, Ave — digo. — Agora, vamos manter as coisas numa boa. Precisamos jogar juntas, afinal. Que tal você só ir embora e se divertir em outro lugar? Isso é tudo o que estou pedindo, e com gentileza. — Essa é a segunda chance, ela só tem três.

— Avery, por que você não vai embora, okay? Posso pedir para um carro te levar aonde você quiser — Dane sugere, educadamente, ao meu lado.

— Ah, Sr. Todo-Poderoso, você pode ir à merda. Zach — ela olha para ele —, diga a eles que isso é entre mim e você.

— É aí que você se engana — respondo por ele, minha pressão subindo de forma alarmante. Por que ela está atacando o Dane? — Somos uma Galera. Você mexe com um de nós, mexe com todos nós. Você tinha isso, mas o que fez com o Zach, bem, a gente não aceita isso, então só vá embora. *Agora*. Não estou mais pedindo. E olhe a porra da boca quando estiver falando com ele. — Aponto para Dane. — Ele não fez merda nenhuma com você.

Dane coloca a mão no meu braço agora, como se fosse para me segurar. Engraçado, eu nunca encostei em ninguém, só conversei. Meu pai tem uma regra áurea própria: "É melhor você garantir que eles te acertem primeiro. Nunca comece, sempre termine". Então, até alguém me acertar, isso é a única coisa que nós vamos fazer – conversar.

— Zach, por favor, venha comigo. Não os escolha ao invés de mim. Eu te amo, apenas fale comigo — Avery implora, e nós todos esperamos em silêncio. Essa parte é decisão total de Zach.

— Você pode garantir que ela chegue ao carro em segurança? — Ele se vira e pergunta ao Sawyer, parecendo quase triste, mas realmente querendo acabar logo com isso.

— Sem problemas. — Saw bate uma continência para ele. — Vamos, gêmea.

— Eu te vejo — ela cutuca meu peito — no campo.

— Não perderia por nada. — Sorrio, acabando com ela com gentileza. Além disso, tudo o que ela pode fazer é me acertar com um arremesso e isso é uma base livre, vadia, então mande ver. Do contrário, arremesse e vou avançar jardas na sua cara o dia inteiro. Fique de olho na sua luva, idiota.

Observamos Avery estapear Sawyer enquanto ele a acompanha junto com duas garotas que não conheço para fora.

Zach se vira para o bar e bate a mão no balcão.

— Shots! — ele grita, chocando a todos nós.

É claro, somos atendidos na mesma hora e minha primeira bebida é algo chamado *Buttery Nipple,* que quer dizer mamilo amanteigado. Delicioso.

Mais uma e estou pronta para ir à pista de dança. Está tocando uma música lenta, então tenho tempo de persuadir os garotos a irem para lá comigo. Chegamos bem a tempo de começar *We Going Home*, do Drake, e me viro de costas para Dane, puxando suas mãos ao meu redor. Meu homem sabe dançar, e nossos corpos encontram seu ritmo um com o outro por conta própria.

Embora eu não seja muito de dançar normalmente, com certeza enxergo o atrativo. Alguns shots para te fazer se soltar, a música certa e o homem em quem você confia atrás de você, e se torna mais um ato erótico do que uma dança.

— Você é tão gostosa, amor — ele sussurra no meu ouvido, suas mãos provocando logo abaixo da barra da minha blusa, encontrando a pele nua da minha barriga. — Eu amo você assim, tão indomada. Você dança como fode, tranquila e sexy.

Suas palavras me intoxicam mais do que o álcool. Consigo sentir sua ereção pressionada contra minha bunda enquanto ele pressiona os quadris em mim, movendo nossos membros inferiores de acordo com a batida da música. Coloco uma mão ao redor de seu pescoço, arqueando a bunda contra ele bruscamente, então balanço com vontade, amando o som de seu grunhido acima da música.

— Está pronta para ir embora, amor?

— Não. — Dou uma risadinha, sabendo que ele está morrendo de vontade de ir, mas eu talvez nunca mais tenha coragem de fazer isso de novo. — Preciso fazer essa noite durar.

— Então nós precisamos fazer uma pausa ou vou te pegar aqui mesmo.

Viro-me em seus braços agora, encorajada, e, de repente, morrendo de vontade de fazer um movimento que vi em um filme uma vez. Agarro sua camiseta com uma mão e agacho até o chão, depois subo de novo lentamente pelo seu corpo, montando em uma de suas pernas.

— Caralhoooo — ele geme na minha boca, agarrando minha nuca e me beijando loucamente. — Chega. Nós vamos embora e fazer isso de verdade ou não? — ofega, me implorando com o olhar para escolher a primeira opção.

— Caraaamba, Gidge, você tem escondido esse seu lado! — Sawyer ri no meu ouvido, agora bem ao nosso lado. — Gente, vem, todo mundo está na mesa. Whitley quer fazer um brinde.

Começo a rir quando Dane faz um beicinho e me força a arrastá-lo para se juntar aos nossos amigos. Mais doses estão esperando quando chegamos lá e Whitley ergue a dela.

— Aos velhos amigos — ela choca o copo com o de Dane, Sawyer e Tate —, aos novos — ela agora choca com o meu, de Bennett e Zach — e a um para sempre. — Ela choca com o copo do Evan por último. — Que esse ano seja repleto de amor, risadas e notas 10. Saúde!

Nós todos juntamos nossos copos e viramos de uma vez, embora esse não seja o meu favorito. Côco, eca.

— Whitley, verdade ou desafio? — pergunto, secando a boca e ouvindo os gemidos coletivos dos caras.

— Vou pedir a eles uma última rodada — Tate já está em movimento —, algo me diz que isso acabou de virar uma festa particular.

Dane

— Você já esteve tão bêbada assim antes? — pergunto para minha namorada muito embriagada e fofa pra cacete, cantando no momento *The Roof's on Fire* enquanto dirigimos até minha casa.

— Não, e você?

Só tomei uma dose, sem que ninguém tenha notado, então obviamente estou bem, mas explicar isso para ela agora seria inútil.

— Vem cá. — Dou uma risada e puxo seu cinto de segurança. Ela está se movendo como um macaco e acho que está prestes a cantar e abrir os braços na parte do teto. — Não tem teto solar nesse carro, amor — tento explicar enquanto a puxo para o meu colo. — Você é uma bagunça muito sexy.

Essa noite foi ótima, tirando o único problema mais cedo. Depois que fechamos as portas e reduzimos a multidão, Laney finalmente se soltou de verdade; Whitley e Bennett contentes em fazer o mesmo.

Você imaginaria que com uma briga e a aparição de uma ex, não ficaríamos em evidência, mas aí, ficou melhor. A parte mais interessante da noite tinha que ser o jogo embriagado de Verdade ou Desafio, mais ousado do que o normal, porque por causa dele, agora sei vários fatos novos e empolgantes.

Para começar, Whitley poderia facilmente fazer pole dance se ela quisesse. Bennett tem um piercing no umbigo em formato de T. Sawyer se move como uma minhoca e tem sete piercings, que ele não só foi proibido de mostrar, como eu me recusei a tentar descobrir onde estão. Evan, na verdade, não canta mal e consegue beber uma cerveja mais rápido do que os outros caras. Zach tem uma bunda muito branca e não consegue dar um nó no talo de uma cereja com a língua para guardar de lembrança. Meu irmão, quando forçado a ser um júri, dá a Laney "melhor bunda" (me diga algo que não sei), "melhores peitos" para Whitley e 'melhor tudo num pacote só' para Bennett. É, Verdade ou Desafio conduzido por garotas bêbadas é superinformativo. E agora todo mundo está plenamente ciente que tenho algumas tendências dominantes no quarto – hora da Laney compartilhar a verdade, não minha. A Senhorita Tagarela Doses Demais se adiantou e abriu o bico sobre a "Persuasão da Periquita". Eu poderia continuar sem parar, mas prefiro apenas descobrir um jeito de auto-induzir amnésia, exceto pela última parte – estou de olho nela agora, a pequena atrevida.

Seus roncos suaves chamam a minha atenção e olho para baixo, para a linda garota agora adormecida com a cabeça no meu colo, o corpo todo enrolado em cima de mim. Ela vai acordar com uma puta ressaca amanhã, mas por enquanto, ela é um anjo aconchegado e ressonando. Aquela boquinha fofa se curva quando solta seus típicos sopros de ar, suas bochechas coradas por causa do álcool e as mãos envolvendo minha cintura, por baixo da camiseta. Afasto o cabelo de sua testa e deposito um beijo suave.

— Eu te adoro, Laney Walker. Mal posso esperar para me casar com você.

— Okay — ela ronrona, aconchegando-se ainda mais na lateral do meu corpo.

Deus, eu daria tudo para dizer isso a ela sóbria e acordada.

CAPÍTULO 13

Laney

— Sawyer, nós vamos nos atrasar! — grito, com a boca cheia de cereais *Crunchberries*.

Ouço uma batida na porta da frente, interrompendo meu café da manhã. Quando a abro, vejo um mar de rosas... azuis. Arquejo e pego o vaso, revelando um jovem entregador.

— Laney Walker? — ele pergunta.

— Sou eu!

— Aqui está. — Ele me entrega um envelope azul-claro. — Tenha um bom-dia.

Fecho a porta e levo as flores para a bancada da cozinha, cheirando seu aroma suave. Sei quem as deu, mas mais uma vez, ele me chocou – onde alguém encontra uma rosa *azul*? E tão cedo de manhã? Abro o cartão, mais do que ansiosa para ler o que diz:

Minha Disney,
Sinto muito por não poder me despedir de você no seu primeiro dia do segundo ano hoje. Sem dúvidas, você está linda e vai arrebentar!

Rosas azuis provavelmente significam "o impossível" e onze de qualquer cor significam "você é o meu tesouro, o qual mais amo na minha vida". Ambos são verdadeiros. Você é absolutamente a coisa mais preciosa e amada que vai existir no meu mundo, impossível de mudar.

Eu te vejo hoje à noite. Nada poderia me impedir disso. Quero ouvir tudo sobre o seu dia. E o quanto sentiu minha falta e me amou, é claro.

Faça o seu lance, amor, Beijos, D

— Gidge, não precisava. — Sawyer aparece, pegando minha tigela de cereal. — Como você sabia que azuis são minhas favoritas?

— Palpite de sorte. — Suspiro, ainda na minha nuvem de amor. — Está pronto para ir? Não quero me atrasar no primeiro dia.

— Sim. — Ele vira a tigela e bebe o leite. — Até arrumei minha cama e organizei meu quarto, como um bom menino.

— Muito bom. — Dou uma batidinha em seu peito. — Agora, tenha um ótimo dia, brinque direito com as outras crianças e eu te vejo no almoço.

Sawyer tinha se mudado para cá, como prometeu, e parece um pouco mais animado a cada dia. Não perguntei e ele não compartilhou, mas as coisas parecem... melhores. Caminhamos juntos, ele trancando a porta assim que saímos, e seguimos para a garagem.

— Quer uma carona? — pergunto a ele, subindo na caminhonete.

— Não, vou de bicicleta. Tenho um intervalo longo de tarde, vou voltar para casa e fazer o jantar. Pode ser bolo de carne? É a minha especialidade.

— Parece ótimo, Saw.

Não consigo tirar o sorriso do rosto enquanto dirijo até o *campus*. Dane e eu estamos fantásticos. Todos os meus amigos, inclusive Sawyer, parecem estar nos trilhos; felizes *ou mais felizes* e saudáveis. Meu pai está namorando. Minha mãe aprendeu a usar o *laptop* que levamos para ela falar no *Skype* comigo pelo menos uma vez por semana. Hayden está ótima e Angie está mesmo entusiasmada, mal podendo esperar para seus netinhos chegarem.

E como sempre, penso em Evan. Ele talvez seja o mais feliz de todos, tão envolvido com Whitley e agora morando com ela, devo acrescentar, aquele sorriso que ele permanentemente tem no rosto maior do que o meu próprio. Whit encontrou sua lagosta ou cavalo-marinho, ou seja lá o que ela diz, e Evan encontrou sua Julieta.

Nós todos somos uma grande família louca, carinhosa e extensa... para sempre enroscados nas vidas uns dos outros, e bastante abençoados.

A vida é boa.

SOBRE A AUTORA

S.E. Hall é a autora best-seller do NY Times & USA Today, da Série Envolver, Série Full Circle, um spinoff da Série Envolver, que inclui Embody, Elusive e Exclusive, além de romances contemporâneos independentes como Pretty Instinct, Pretty Remedy e Unstable e outros.

S.E., ou Stephanie Elaine, mora em Arkansas com seu marido há 23 anos, e juntos, possuem quatro filhas incríveis, com idades entre 28, 23, 17 e 16, e três lindos netos.

E por último, mas longe de serem menos importantes, estão os preciosos cães-netos de S.E.: Piper Gene Trouble Machine e Honey, que iluminam seu mundo!

Quando não está assistindo sua garotinha arrasar na base do arremessador no *fastpitch softball*, ou qualquer programa sobre crime, S.E. Hall pode ser encontrada... na sua garagem. Ela também gosta de ler, escrever e solucionar crimes do conforto de sua poltrona na frente da televisão.

A The Gift Box é uma editora brasileira, com publicações de autores nacionais e estrangeiros, que surgiu no mercado em janeiro de 2018. Nossos livros estão sempre entre os mais vendidos da Amazon e já receberam diversos destaques em blogs literários e na própria Amazon.

Somos uma empresa jovem, cheia de energia e paixão pela literatura de romance e queremos incentivar cada vez mais a leitura e o crescimento de nossos autores e parceiros.

Acompanhe a The Gift Box nas redes sociais para ficar por dentro de todas as novidades.

 www.thegiftboxbr.com

 /thegiftboxbr.com

 @thegiftboxbr

 @GiftBoxEditora